novum pro

AF162533

Wolfhart Bohl

Zwölf Jahre danach – *Dialog mit „Liebe"*

… Unbegreifliches verstehen …

… Unerklärliches glauben …

novum pro

www.novumverlag.com

© 2022 novum Verlag

ISBN 978-3-99131-121-8
Lektorat: Leon Haußmann
Umschlagfotos: Wolfhart Bohl,
Devita Ayu Silvianingtyas | Dreamstime.com
Umschlaggestaltung, Layout & Satz:
novum Verlag
Innenabbildungen:
Seite 7, 26, 55: © Iwona Knorr
Seite 30, 31: © Brigitte Adam
Restliche Bilder: © Wolfhart Bohl

Die vom Autor zur Verfügung gestellten Abbildungen wurden in der bestmöglichen Qualität gedruckt.

Gedruckt in der Europäischen Union auf umweltfreundlichem, chlor- und säurefrei gebleichtem Papier.

www.novumverlag.com

Bibliografische Information der Deutschen Nationalbibliothek:

Die Deutsche Nationalbibliothek verzeichnet diese Publikation in der Deutschen Nationalbibliografie. Detaillierte bibliografische Daten sind im Internet über http://www.d-nb.de abrufbar.

Alle Rechte der Verbreitung, auch durch Film, Funk und Fernsehen, fotomechanische Wiedergabe, Tonträger, elektronische Datenträger und auszugsweisen Nachdruck, sind vorbehalten.

Vor zwölf Jahren starb *Liebe* in der Uni-Klinik an unheilbaren Krebs.

Alle ärztlichen Bemühungen – OP – Bestrahlung – Chemo – Stammzellentherapie – haben ihr Leben um fünf Jahre verlängert! Dann siegte die tödliche Erkrankung über Leben, Hoffnung und Mut! Nach 47 Jahren Gemeinsamkeit wurden wir beide für immer (?) getrennt!

Nach ihrem Tod habe ich versucht, mit dem Schreiben einer „Chronik" das Unbegreifliche zu akzeptieren! Es ist mir bis heute nicht gelungen!

Im Januar 2009 war *Liebe* nach dem Sterben lange Zeit so lebendig neben mir, dass ich „unseren Vier" verbot, irgendjemandem etwas zu erzählen! Sie hielten sich daran, „logen" mit mir, und erst im Mai 2010 erschienen zwei Gedichte in der Zeitung als „Anzeige"!

Die „Verwandten und Bekannten" waren entsetzt, einige brachen mit mir jegliche Verbindung ab! *Dann haben wir ja immer eine Tote grüßen lassen!*

Nein, sie lebt!

„Im Licht werden wir einmal wieder vereint sein – wie auch immer"!

Daran glaube ich, denn ... *gibt es einen natürlichen Leib, so gibt es auch einen geistigen Leib* ..., sagte der Apostel Paulus.

Liebe hat mir beim Schreiben über die Schulter geschaut, sie ist in jeder Seite als Lektorin mit dabei.

Darum musste ich mich an die Wahrheit halten, nichts „dazu dichten"!

So haben wir gemeinsame Schreibstunden verbracht und ich musste mich langsam damit abfinden: Ein Leben ohne ihre körperliche Nähe – nur noch gedanklich innig verbunden.

Nach drei Monaten „Arbeit" war die Schrift fertig, ich ließ sie in einem Greifswalder Schriftbüro korrigieren und drucken. Danach händigte ich die umfangreiche Chronik dem Pastor aus, der *Liebe* auf dem letzten Weg begleitet hatte, bat um seine Meinung, und er sagte danach: *Ich fing an zu lesen, vor dem Abendbrot. Meine Frau rief vergeblich, ich musste erst zum Ende kommen!*

Behalten Sie die Schrift im Herzen, aber ich rate Ihnen, gehen Sie mit der nicht in die Öffentlichkeit, was Sie erlebt haben, könnte falsch interpretiert werden!

Später gab ich die Chronik einer tiefgläubigen, sehr klugen Frau, um deren Meinung auch zu hören. Die alte Dame lebte auf einem Erbbauernhof mit großen Wiesen ringsumher, auf denen ihre Pferde „Freilauf" hatten, auch zum Hof hin!

Ich habe bei ihr als „Haus- und Hofmeister" ein paar Euro nebenbei verdient, bis es einmal „mächtig krachte"!

Unsere „christliche Verbundenheit", die sie immer betonte, geriet wegen ihrer Pferde in eine bedrohliche Schieflage!

Entgegen ihres Verbots fuhr ich mit meinem Auto auf den Hof!

Ein Pferd riss mit den Zähnen tiefe Rillen in die Karosserie und ein Hufschlag traf mich vor die Brust, als ich die Stute mit Handschlägen auf ihr Hinterteil vom Auto vertreiben wollte, ich war zur verkehrten Seite ausgewichen. Zum Glück waren die Hufe ohne Beschlag!

Gerade da kam die „Freundin" vom Kirchgang, die „Verbundenheit" bekam „Risse," so tief wie die Kratzer auf dem Auto, denn ihr gingen die „am Rock vorbei"!

Wenn mein Pferd nun am abgefressenem Lack krepiert? – schimpfte sie.

Zu meinen heftig schmerzenden Brustrippen meinte sie nur: *Selber schuld, warum fährst Du Deine Karre auch auf den Hof, gerade wegen der „drei Wilden" habe ich Dir das verboten!*

Später hatte ich öfter „Rippenschmerzen, mit „65" das Reiten noch erlernt, selber ein Pferd angeschafft, und nach einem Sturz fünf Rippen gebrochen, mit beschädigter LWS – das (!) waren dann richtige Schmerzen!

Und das passierte so:

Reiten über Wanderwegen, oder Pfaden durch den Wald!
Auch am Strand, bei Sturm und Regen;
ob es heiß ist oder kalt!
Munter trabt mein Warmblutpferd, ist oft launisch, diese Stute!
Wehe, da läuft was verkehrt – Wechselstimmung pro Minute!
Schließlich Sturz mit Rippenbruch,
Folgeschmerzen ohne Ende!
Doch bei Reitern gilt der Spruch, sieben Mal,
dann kommt die „Wende"!
Darum weiter, Schenkel ran, und den Sattel festgezogen;
jedes Pferd macht irgendwann,
einen „Hopser" vor Vergnügen!
Frage einen Reiter mal, lohnt sich dafür Kopf und Kragen?
Bestimmt schaut er dich lächelnd an,
ohne nur ein Wort zu sagen.

Die Bäuerin hatte mir in unserer „besseren" Zeit viel aus ihrem interessanten Leben erzählt: Bei einem Schweizer Landbesuch starb plötzlich ihr Mann in dem Hotel am Herzinfarkt! Das Problem, die Urne aus der Schweiz nach Deutschland am Zoll vorbeizuschaffen, löste sie so, denn: Wer in der Schweiz stirbt, muss auch dort in die Erde, so war es damals! – Zuerst bestach sie das Krematorium mit einer großen Summe, um die Urne zu bekommen. Sie wollte ihren Mann auf dem eigenen Gut in Bayern bestatten, kaufte einen weiten langen Rock, setzte sich in den Zug, die Urne zwischen den Beinen!

Der Zoll kontrollierte gründlich – aber ihren Rock hoben die Zöllner nicht hoch, denn sie war eine schöne Frau mit langen schwarzen Haaren und einem stolzen Blick!

Die Urne hat sie dann selber auf dem heimatlichen Hof „beigesetzt," an einer Stelle, „die nur ich kenne"!

Ich habe nur den Wunsch meines Mannes erfüllt, da war mir jedes Mittel recht, denn er liebte seinen Hof, die Pferde – und mich! Nun ist sie schon seit Jahren verstorben, darum durfte ich ihr zum Andenken diese Zeilen widmen!

Nach dem Lesen der Schrift war sie der Meinung, ich wäre einer von wenigen Menschen, die das „Glück" haben, über den Tod hinaus Kontakt mit der geliebten Person zu behalten! *Und Du lässt Deine Frau ja auch nicht los – oder liebst Du Deine Trauer!?*

Zwölf Jahre habe ich mich an die Worte vom Pfarrer gehalten, die „Chronik" in der „Truhe" versteckt. Jetzt möchte ich meine Erfahrung mit dem Abstand der Jahre noch einmal aufschreiben, auch, um mich selber zu heilen, denn die seelischen Wunden schmerzen immer wieder!

Liebe litt schon lange, bevor die böse Krankheit begann, manches Mal unter Kopf- und Nackenschmerzen, nun ja, wer hat die nicht? Der Hausarzt in unserer Jugendzeit überwies sie zu einem Neurologen, dessen Diagnose: *Simulantin – möchte nur EU-Rente!*

Das Formular durfte *Liebe* lesen, weil er, wie er sagte, dem Neurologen keinen Glauben schenke.

Sie war eine Frohnatur, liebte Operetten, Geselligkeit, Tanzen, konnte leidenschaftlich lieben und lachen! Die Kinder hatten sie gern wegen ihrer musikalischen Begabung, sangen und tanzten zu ihrem Akkordeonspiel! Und der Gerechtigkeit wegen, „ohne Ansehen der Person", gegenüber jedermann!

Kein Arzt hielt es in den Jahren, als die Beschwerden häufiger kamen, für nötig, sie mal mit einer MRT-Untersuchung „in die Röhre" zu schicken! Wir selber wussten zu der Zeit überhaupt nicht, dass es so etwas gab! Erst durch einen Bekannten wurden wir aufmerksam, weil er von seiner eigenen diesbezüglichen Untersuchung erzählte! Waren damals alle Ärzte mit Blindheit geschlagen? Wir wechselten unseren alten Wohnort, kauften 1994 eine 57 m² Eigentumswohnung in Ostseenähe, erfüllten uns einen Traum, besonders den von Liebe!

Sie liebte den Badeort, hier hatte sie mal ihr Praktikum zur Kindergärtnerin gemacht. Auch die Nähe zu ihrem Heimatdorf, wo sie als kleines Mädchen Kühe zur Weide gebracht hatte, ließen keine Wehmut zu dem aufgegebenen Umfeld aufkommen!

Doch *Liebe* wurde keine Bäuerin, sondern es zog sie als 17-Jährige in das quirlige Leben der Stadt. Kam als Kindergärtnerin mit Examen zurück, der erkrankten Mutter wegen! Darum sah ich sie auf dem Weg zur Arbeit, verliebte mich total, und beim Wiener Walzer wurde das Bündnis mit dem braunäugigen, hübschen Mädchen besiegelt!

Dein Elternhaus blieb dann elf Jahre lang für unsere spätere „Dreierfamilie". „Zweitwohnung", auf dem kleinen Bauernhof halfen wir in allem, was nun mal in einer Landwirtschaft nötig ist, nicht immer „nur fein"! Unser „Kleiner" wurde dort „groß und gesund", Oma heilte alles mit Schafwolle, Opa schwur auf Brennspirituswickel, denn: ... *was gut gegen Kälte, ist auch gut gegen Hitze* ... – und schlief selbst im Sommer unter dickem Gänsefederbett!

Deine Mutter entschädigte alle Arbeit mit guten, aus eurer Pommernheimat mitgebrachten Essenrezepten – wer kennt heute noch „Flomen", stundenlang kaltgeschlagenes, gut gewürztes rohes Gänsefett als Brotaufstrich oder „Gelbes Hühnerfrikassee"? Oder zarte „Räucherbrust"? Tagelang sorgfältig in Salz eingepökelte Brüste und Keulen der Gänse, dann vom Dorfschlachter gekonnt geräuchert, ein unvergessener Genuss!

Dein Vater spielte uns abends Lieder auf seiner geliebten Geige vor, hatte von Urahnen ererbtes „französisches Hugenottenblut" in den Adern – leicht, musikalisch, optimistisch, trotz jahrelangem Krieg und russischer Gefangenschaft – bis wir dann endlich nach „wildem Mensch-ärgere-dich-nicht-Spiel" müde in unser „Ehebett" kriechen konnten: Auf das schmale Sofa in der Wohnstube, mit ein paar Stühlen und Kissen verbreitert. Der große braune Kachelofen wärmte die Füße, die Liebe unsere Herzen ...

Einmal wurden wir durch einen mächtigen Knall aus der Ofenröhre „gestört", dein Vater hatte seine abendliche Bierflasche vergessen, das „damals" oft flockige „Getränk" war explodiert! Doch zurück in die Meerblick-Wohnung! Jetzt hörten wir bei Oststürmen das Wellengebrause am offenen großen Fenster, mochten italienischen Kaffee, Eis, Pizzaessen mit unserer lieben „Viererbande" und die netten Kellner (innen), einige wohnten bei uns mit im Haus, da ging es öfter „munter über die Treppen"!

Antonella werde ich nicht vergessen – Deine italienische Hausfreundin. Von ihr gab es auf den Sahneeisberg immer noch etwas drauf – das wussten auch unsere beiden Enkelsöhne und guckten vorher, ob „sie" am Eisstand war. *Hallo, Senora – wie geht es Ihnen heute?* So ihre Begrüßung. Jede Mark, die sie abzweigen konnte, bekam der Sohn in England für sein Arztstudium, wie sie uns immer stolz von ihm berichtete. Antonella zog später zu ihm, sie hatte sich im wahrsten Sinne des Wortes krumm geschuftet, und wir gönnten ihr das neue Leben von ganzem Herzen!

Auch an die kleine Episode mit dem jungen „Lockenkopf-Italiener" erinnere ich mich gerne, denn da waren wir beide noch im gutem „Mittelalter".

Komme abends von der Arbeit, Du hast mich lachend empfangen: *Stell Dir vor, heute Vormittag klingelt es an der Wohnungstür, der junge Mann vom anderen Aufgang wollte die Wohnung kaufen, fragte mich – was kosten? – sehr teuer – er wieder: wieviel? Unverkäuflich, nichts zu machen!*

Du Dummchen, der wollte Dich „vernaschen", nicht die Wohnung kaufen! Was hattest Du am Tage an? *Naja, nicht viel, war doch so heiß, habe das große Balkonfenster geputzt!*

Er stand unten, hat gegrüßt und eine Weile zugeguckt.

Am Sonntag darauf hat uns der „wildgewordene Freier" im Eiskaffee bedient, etwas verlegen, aber er hat trotzdem sein gutes „Trinkgeld" bekommen, der dunkelhaarige Krauskopf von Sizilien!

Auch der Hausarzt im Ort war dein Freund, schickte Dich auf Kuren und hat Dir vor dem Erreichen des Rentenanspruches auch zum Erhalt der EU-Rente sehr geholfen! Er überwies Dich auch zu verschiedenen Spezialisten, nur, er schickte Dich nicht in ein MRT!

Ich fragte ihn später, wir trafen uns Jahre danach beim Wandern mit unseren Hunden, nun beide allein! Er durch Scheidung – ich durch deinen Tod!

Sein Leben war nach unserem Wohnungswechsel in die Nähe der Uni-Klinik aus den Fugen geraten – mit Praxisaufgabe! Auf meine Frage zur ausgelassenen Überweisung antwortete er: *Bei Ihrer Frau waren nicht die geringsten Anzeichen von einem Tumor zu erkennen! Es tut mir sehr leid!*

Der Arzt hatte selber einen harten Schicksalsschlag ertragen müssen und darum war ich jetzt froh, so gehandelt zu haben, wie ich gehandelt habe, doch davon schreibe ich dir später!

Nachdem wir wussten, dass es „MRT" und „CT-Untersuchung" gibt, fuhr ich zum Orthopädiearzt, der *Liebe* auch als Patientin behandelte.

Von ihm erhielt ich eine Überweisung für die Computermessung, durch den Zuspruch seiner Frau! Er selber hielt das immer noch für überflüssig!

Mit dem Schein zum Krankenhaus, gleich danach!

Die Aufnahmeschwester drehte lässig einen Schlüsselbund um ihren Zeigefinger: *Zum Arzt lasse ich Sie eh' nicht durch – Termin für MRT höchstens in zwei Wochen!* Meine Frau hat aber starke Schmerzen – bitte – ich möchte Ihren Arzt sprechen! *Andere haben auch Schmerzen und müssen warten!*

Ich ging – verzweifelt –, eine andere Schwester kam mir nach, gab mir die Telefonnummer vom Ärztehaus: *Versuchen Sie es dort – geht schneller!*

Anruf: *Ja, kommen Sie – Morgen – 20 Uhr!*

Wir fuhren hin – endlich – noch nicht ahnend, was auf uns zukam!

Das „Schicksal" begann mit und nach dieser Fahrt!

Gegen 22 Uhr stand ich wieder vor dem roten Backsteingebäude – wollte mir einreden, dass alles eben Erlebte nur ein böser Traum war!

Gleich wache ich auf und Liebe liegt neben mir, friedlich schlafend, die kühle Seeluft weht durch das offene Fenster und ich höre die Wellen rauschen!

Dann riss mich das Krankenauto mit Alarmsignalen in die grausame Wirklichkeit des Geschehens jäh zurück – ich starrte benommen hinterher – ließ meinen Tränen freien Lauf!

Eine Hand legte sich auf meine Schulter – die raue Männerstimme sagte: *So wie Ihnen erging es mir auch vor drei Jahren – aber bleiben Sie zuversichtlich, Ihre Frau kommt bestimmt wieder nach Hause, die Uni-Klinik hat meiner Frau auch das Leben gerettet!*

Er behielt Recht, fünf Jahre wurden uns danach noch „geschenkt"!

Am 25.01.2009 wurden *Liebe* und ich um 18.45 Uhr nach 47 gemeinsamen Jahren erbarmungslos getrennt.

Alles, was in den Jahren davor medizinisch geschah, vor allem ihre letzten Tage, stand wie festgefroren vor mir: Das liebe Gesicht mit ständig geschlossenen Augen, ihr hilfloses Stöhnen aus dem offenem, trockenem Mund – nichts vermochte diese Bilder ein wenig abzumildern, wenn auch die Ärzte immer wieder versicherten, sie leide keine Schmerzen – wir helfen, wie wir können! *Aber – es ist leider das letzte – es geht mit Ihrer Frau zu Ende!*

Mir war, als hätte es nur diese Sterbensphase in unserer Ehe gegeben – alles andere war so unwichtig geworden – so unendlich weit entfernt!

Die Onkologen hatten mir erlaubt, auch in den Nächten bei ihr zu bleiben, und das waren 11 Tage, wo ich sie trösten – streicheln – massieren konnte.

Fieber zehrte ihre letzte Energie auf – bis sie nach der „Großen Stille" furchtbar schnell in Todeskälte erstarrte – unbegreiflich – unwirklich.

Plötzlich ein fremder Körper, der noch vor wenigen Tagen voller Hoffnung dem neuen Klinikaufenthalt entgegensah!

Und nun, nur zwei Wochen später, kalt und leblos dalag – am nächsten Morgen in eine Plane gehüllt, den langen Gang auf einer Bahre weggerollt, in den Sarg gelegt, und im Bestattungsauto zur letzten Fahrt.

Jede Erinnerung, die urplötzlich aufkommt, verursacht Körperschmerzen, das Herz rast – man kann kaum atmen!

Ich bin dann aus dem Auto raus, weit auf den Acker gerannt und meinen Schmerz in den Himmel geschrien, egal, ob Menschen in der Ferne waren, dort in der Gegend kannte mich niemand!

Habe dann im Gras gesessen und geweint, bis ich wieder „normal" war.

Bei allem, was ich in der Zeit danach tat, war *Liebe* mit „Leib und Seele" dabei!

Ihre Stimme hörte ich – nächtliche Träume machten sie spürbar lebendig!

Eigenartiger Weise erschien sie nie als die Leidende der letzten Tage, sondern immer jung – hübsch – optimistisch fröhlich.

Das ist so geblieben – auch noch nach 12 Jahren!

Heute freue ich mich, wenn wir uns mal wieder im Traum begegnen!

Obwohl Du ja eine viel schönere Handschrift hattest und auch sachlicher im Stil, musste ich trotzdem immer die Briefe an Bekannte schreiben!

Was ich mir da alles aus den Fingern „gesaugt" habe!

Aber das hier, für Dich und mich, fällt mir bestimmt leichter, es ist die Wahrheit!

„Mein Gespräch mit Gott"

Die Frage an Dich, Gott: Gibt es Dich – und – was ist bei Dir Gerechtigkeit? Warum lässt Du eine Frau, die in Dir auf Erden lebte und Jesus liebte, so brutal an dieser Krankheit sterben?

Deine Antwort wird sein: *Ich bin, der ich bin! Für Dich und alle immer unbegreiflich bleibend. Unnahbar, und doch in allem! Glaubt, was Ihr wollt – die Freiheit habt Ihr!*

Sind wir für Gott Grashalme, die wachsen, reifen, gefressen werden?

Nichts vergeht oder stirbt ohne Sinn, bringt irgendwo in anderer Form neues Leben hervor!

An meiner zu Erde gewordenen Asche werden sich Regenwürmer laben und diese ernähren viele Tiere und Vögel, die der Mensch als „Wild" verspeist!

Also „lande" ich nach „Umwegen" wieder im Menschen, lebe weiter, im ewigen Kreislauf.

Gott kann sich nicht um jeden Halm, jeden Regenwurm oder Menschen kümmern.

Er hat es so eingerichtet, dass sich alles im Selbstlauf regelt, seine „Arbeit" ist hier auf Erden beendet!

Also sollte ich ihn nicht für mein Leid verantwortlich machen? Bei geringstem Übel verfluchen wir ihn schon – er nimmt es gelassen – verzeiht uns, weil wir dumm und „menschlich" denken – für 80 Jahre?

Er denkt für das Unendliche!

Gottes Gerechtigkeit ist so: Wer an ihn glaubt, lebt besser – stirbt leichter –, denn der letzte Gedanke führt mich zu dem, wo ich gerne sein möchte.

Wenn ich fest glaube – bis zur letzten Sekunde – an Gott, Jesus Christus, dann bin ich auch dort, denn nach der Sekunde gibt es keine weitere mehr – ich bin angelangt!

Liebe war tiefgläubig – darum ist sie bei Gott, denn ihr letzter Gedanke war:

    Vater, erlöse mich – nimm mich zu Dir – und Gott hat sie erhört! Das ist meine Erkenntnis heute – nach 12 Jahren!
    Damals war es anders – und nun beginne ich nochmal – mit dem von „Danach".

Immer diese Abschweifungen, bleib bei der Sache, höre ich Dich sagen.

Ja, aber es soll doch auch letztlich alles gut zueinander passen, gar nicht so einfach!

… dass Trübsal Geduld bringt, Geduld aber bringt Bewährung; Bewährung aber bringt Hoffnung, Hoffnung aber lässt nicht zu Schande werden, denn die Liebe Gottes ist ausgegossen, Ap. Paulus-Röm. 5.

Wir liebten die Briefe des Mannes, dem Christus in gewaltiger Klarheit begegnete auf dessen Kriegszug nach Damaskus, und als „Saulus" Christen verfolgte!

Liebe meinte manchmal im Scherz, ich wäre ihm ähnlich – vom Atheisten zum gläubigen Christen!
    Es war bei mir in meinem Leben mehr Gleichgültigkeit gegenüber der Kirche als „Ungläubigkeit."

Dafür kannte *Liebe* die Bibel fast auswendig.

Erst im Dom zu Greifswald bin ich zu dem geworden, der ich heute bin:

Nicht verbissen gläubig, aber weil ich erlebt und gesehen habe, wie wohltuend Wort – Musik – Kontakt – Gottesdienste seelisch aufbauten!

Wir liebten auch die von tiefem Glauben geprägten Reisebücher und Meditationen vom Pfarrer Rudolph Irmler – einem schlesischen Pastor.

Über seltsame Umwege erhielten wir alle Bücher, alle Schriften, von ihm.
Hatten auch engen Kontakt zum Lehmgrubener Schwesternhaus, das Herr Irmler als Seelsorger betreute!
Sein ehrlicher Umgang mit Gott hat mich sehr beeindruckt.

Mit seiner Frau waren wir noch lange nach seinem Tod mit herzlichen Briefen verbunden!

Wer seinen Aufstieg zum Berg Horeb, wo Mose Gott begegnete und die Gebote Gottes empfing, gelesen hat, wird sagen, es gibt keine schönere Beschreibung des Sinaigebirges!
Oder sein Athos Buch von der griechischen Mönchsrepublik habe ich oft vorgelesen!

Liebe mochte so gerne meine Stimme hören, da hat sich das so ergeben.

Alles habe ich noch im Bücherschrank als wertvolles Andenken!
Nur darin gelesen seit ihrem Tod nicht mehr!
Dann würde mich die Erinnerung an die Vergangenheit wieder überwältigen!

Im Herbst 2004 brachte ich *Liebe* zum Ärztehaus, 20 Uhr war der Termin.
Sie hatte Angst in der Röhre, ich hielt ihre Füße fest, das beruhigte sie etwas!

Der Apparat dröhnte unheimlich lange! Nun bekam ich auch Angst!

Dann sagte der Arzt: *Die HWS sieht schlimm aus! Wir müssen Sie fixieren und sofort in die Klinik zur OP bringen, es besteht Lebensgefahr!*

Liebe sagte nur noch zu mir: *Sollte das Schlimmste passieren – ich möchte eine Seebestattung!*

Dann wurde sie mit abgesichertem Kopf weggerollt und per Eiltransport in die Klinik gebracht, ich fuhr alleine zurück.

Erst in der plötzlich einsam gewordenen Wohnung fing ich an zu begreifen, was passiert war! Konnte nur noch weinen und beten!
    Der qualvolle Krebstod meines Großvaters, den ich als Jugendlicher miterleben musste, stand mir vor Augen!
    Sollte sich das Elend etwa wiederholen? Bei dem Liebsten, das ich „besitze"?

Schon bald wurde sie operiert, eine komplizierte Halswirbelkonstruktion eingesetzt, hatte die OP prima überstanden, sah mich nach dem Erwachen an und lachte!
    Ein selten schöner Moment nach der ausgestandenen Angst!

Zu dieser Klinik behielt *Liebe* alle folgenden Jahre großes Vertrauen!

Hier fühlte sie sich geborgen, umsorgt – war der Liebling der Schwestern, und hat trotz ihrer schweren Erkrankung andere Patientinnen ermutigt, nie aufzugeben!

Der OP-Arzt rief mich zu sich – sagte: *Der Kopf Ihrer Frau hing nur noch an wenig Knochenmaterial – wir haben das Mögliche getan, aber die abgesaugte Flüssigkeit bereitet mir Sorgen, denn die Wirbel waren regelrecht von dieser zerfressen.*

Seine Befürchtung wurde durch die Laboruntersuchung bestätigt: Plasmozytom, ein sehr aggressiver Krebs, der die Knochen von innen her zerstört, dann als Weichteilkrebs nach außen tritt und Organe befällt!

Liebe nahm die Diagnose, etwas milder vom Arzt dargestellt mit Hoffnung auf Heilung, gefasster und ruhiger auf als ich!

Sie glaubte fest an den Behandlungserfolg der anschließenden Onkologie und den Beistand von Jesus Christus.

Nach ihrem Tod erhielt ich in einen Brief von der Klinik, indem die Onkologen „gestanden":

Wir haben von Anfang an gesehen, Ihre Frau wird an diesem, für uns unheilbaren Krebs sterben – wir konnten nur den Zeitpunkt paar Jahre verhindern!

Und das waren noch fünf Lebensjahre!

Mehr war uns nicht möglich, es tut uns sehr leid, und möchten damit unser aufrichtiges Mitgefühl bekunden!

Den Brief hatten alle behandelnden Ärzte unterschrieben!

Fängst Du nun endlich aus Deiner Zeit nach mir an zu schreiben?

Ja, *Liebe*, das gehört doch schon alles mit dazu, oder wusstest Du von der Unheilbarkeit Deiner Krankheit? Also Geduld, Schritt für Schritt!

Du weißt, wie ich mich in dem jetzigen Trauertal quäle – was mich bewegt – und warum ich nach Deinem Sterben Gott verfluchte!

Dann drei Tage später wieder den Weg zu Christus fand.

Habe Dir wieder aus der Bibel vorgelesen, natürlich von Paulus – und Hiob, meiner größten Problemgeschichte!

Will Gott mich mit Deinem Tod auch auf Glaubenstreue prüfen – oder bestrafen, denn in den 47 Jahren war ich nicht nur gut zu Dir!

Es gab auch bittere, ungerechte Tage, an denen ich neben mir ging, nicht mehr ich selber war, sondern ein Fremdling im eigenen Körper!

Depressiv – Du hattest Geduld, aber warst traurig.

Wie oft plagt mich mein Gewissen, wenn ich daran denke, dass ich Dir weh tat mit meinem Verhalten!

Ich war jeden Tag stundenlang bei Dir am Krankenbett – jetzt bist Du wieder ganz innig bei mir!

Habe für Dich einen Altar errichtet in der Wohnung, wo ich gerade bin.

Ja, schon dreimal umgezogen, auf der Flucht vor mir selber? Oder suche ich Dich?

Innere Unruhe treibt mich umher, und Umzüge lenken mich ab, man hat etwas zu tun!

Und Du bist immer mit, ob es Dir passt – oder nicht!

Nur – in unsere eigene schöne Strandsichtwohnung gehe ich nicht zurück!

Inzwischen ist sie verkauft, vorher als Mietwohnung genutzt. Wieviel?

Nun, zu dem DM-Preis von „damals" lege 70 000 DM dazu. Und „alle" haben und bekommen kräftig von ab!

Habe es nicht verdient, dort den Blick ohne Dich zu genießen, denn Du liebtest den Ort, ich nicht so sehr!

Also höre endlich auf mit dem „Asche auf das Haupt"! Wenn Du mit Dir so zufrieden bist, dann sei es auch! Vom irdischen Klein-Klein bin ich weit entfernt!

Ich wohne jetzt immer dort, wo Du sagen würdest: *Nee – hier ziehe ich nie hin!*

Das tue ich, um mich irgendwie „wiederzufinden"!

Mein gemieteter Bungalow steht im dunklen Kiefernwald von Trassenheide.

Bin der einzige „Einwohner" dieser großen Feriensiedlung und darf hier befristet bis 1. April wohnen.

Habe also wieder gut zu tun, um was Neues zu finden!

Jetzt ist eisiger Winter – Februar 2009. Der Waldboden und alle Wege hier unter dicker Schneedecke.
Wenn ich nachts vor die Tür gehe, um mich beim „Qualmen" vom Schreiben der Chronik zu „erholen", ist zu den Sternen ein klarer Blick.
Kein Laternenlicht stört, dann denke ich, dort irgendwo ist meine *Liebe!*

Du würdest dich bestimmt „graulen"!

Aber trotzdem hast du mich hier besucht, am Abend und in der Nacht!
Gleich am ersten Tag bin ich auf lange Wanderung am Strand gewesen.
Danach sah ich, das große Fenster stand weit offen, trotzdem war es drinnen warm, die Heizung noch ausgeschalten!
Im Schlafzimmer, neben dem Bett, das eigentlich Deines wäre, stand die Nachttischlampe mit der kleinen, runden Öffnung umgekehrt auf dem Fußboden.
Sie war aus Plaste, unzerbrechlich, ich habe sie danach oft herunterfallen lassen, sie blieb nie auf der Öffnung stehen! Auch auf „meiner Seite" habe ich das probiert, ohne Erfolg, sie musste vorsichtig aufgestellt werden – nebensächlich? Na, gut!

Auf dem Tisch hatte ich alles abgelegt – Geld, Handy, Papiere, nichts fehlte!

In der Nacht erwachte ich von einem schürfenden Geräusch aus der Küche. Es wiederholte sich mehrmals!
Ich rief, *Liebe* – bist du da – dann komm in mein Bett, und hob die Bettdecke an, so, wie früher, dann war alles still.

Am Morgen saß ich am Küchentisch, bewegte zufällig den kleinen rutschigen Läufer unter meinen Füßen.
 Hörte nun, solange ich wollte, dasselbe Schürfen wie in der Nacht.

Nun, wo ich noch einmal Dialog mit Dir führe, wohne ich aber schon etliche Jahre in der „Klause", die wir mal für Deine Mutter bauten, auf unserem Grundstück in der Kleinstadt, wo sich unsere Wege kreuzten und alles begann.

Du hast mich nie losgelassen – oder ich Dich nicht – wer weiß.

Und außerdem will ich Dir sagen: An allen „Taten", die ich so in den Jahren nach dir vollbrachte, „Frauen – Pferd – Dackel", bist du kräftig beteiligt gewesen!!

Mit Deiner „lieben" Zahnärztin bin ich ca. 10 Jahre lang in lockerer Verbindung.
 Wir haben uns bei „Dackelgängen" getroffen.
 Du bist ihr damals treu geblieben – auch nach unserem Umzug an die Ostsee!

Darum habe ich mir gedacht, Hände, die Dich berührten, könnten auch mich berühren, ohne dass Du eifersüchtig bist – wie so oft in jungen Jahren! Aber das war ich ja auch!

Zuerst haben wir auch miteinander geschlafen, gebe ich zu, aber immer hatte ich das Gefühl, ich gehe „fremd"!
 Du lachst? Ehrenwort, das war so!

Aber darin waren wir uns einig: Die große Liebe gibt es nur einmal in der Unbefangenheit der Jugend.
 Sie schätzt Dich noch immer hoch ein, hat Dich als lustige, angenehme Patientin in Erinnerung. Ich kann über Dich sprechen, sooft ich will!

Das „ins Theater gehen" ohne Angstgefühl vor Menschen, eine Folge meiner Depression, die immer mal auftaucht, habe ich bei ihr wieder erlernt.

Am Anfang saßen wir auf Klappsitzen an der hinteren Wand bei Konzerten, dann ging es langsam „aufwärts" und ich habe mich in „der Enge" gut gefühlt!

Nochmal zu deiner Ärztin: Wir sind jetzt beide 77, ich habe einige schwere OP hinter mir, muss Tabletten schlucken gegen hohen Blutdruck!

Mein Arzt sagte: *Die machen Dich leider auch impotent, kommst du damit klar?*

Komm, hör, auf – höre ich Dich sagen – *Lebe Dein Leben, ist denn das noch wichtig? Die Menschen haben jetzt andere Sorgen, „Corona" gehört dazu!*

Ja, das stimmt, ich warte auch auf die 2. Impfung!

Als das Unheil begann, habe ich ein Gedicht über den Virus erdacht:

> Dieser kleine Winzigwicht
> hält die ganze Welt in Atem!
> Wo er herkommt, weiß man nicht,
> er wird es nicht verraten!

> Was er will, ist mir schon klar:
> Mit Gewalt uns bremsen,
> denn nichts ist mehr, wie es mal war,
> er kämpft mit scharfen Sensen!

> Und die mähen alles ab:
> Unkraut samt Getreide!
> Dann schaufelt er ein Massengrab,
> für Lumpen-Leinen-Seide!

Keiner sei hier schadenfroh,
denn es trifft ja „arm" wie „reich"!
Sterben muss man – so – und so!
Das macht uns am Ende gleich!

Was will nun mein Text besagen?
Muss jeder ein Apostel sein?
Oder Hiob mit den Plagen?
Ich denk', sich nur am Leben freu'n!

Jeder Tag sei ein „Gewinn"!
Sorgen kommen – und vergehen;
Nicht erfragen Wert und Sinn,
was sein soll, wird auch so geschehen!

Mit 65 habe ich reiten gelernt und ein Pferd gekauft, und daran bist Du „schuld", denn ich war vor dem Kauf noch unschlüssig!
Vor dem „Entscheidungstag" hatte ich diesen nächtlichen Traum:

Ich ritt auf „meiner" weißen Stute den Strandweg entlang.
Zur anderen Seite viele bunte Blumen auf der Pferdekoppel!
Plötzlich tauchtest Du am Wegesrand auf, hübsch im bunten Kleid, schautest lächelnd zu mir!
Ich rief: Bring ein paar Blumen mit und Sträucher, doch da warst Du unbegreiflich schnell hinter mir am Sattel und wir ritten total unbeschwert auf dem Strandweg weiter!

Und dabei hattest Du früher doch immer großen Respekt vor Pferden und wärst nie freiwillig auf ein Pferd gestiegen!

Ja, ich habe Dir diesen Traum geschickt, denn das Pferd wäre sonst im Schlachthof geendet, weil es oft beim Turnierreiten lahmte – und Du hattest das Geld, um es zu kaufen.
Nun hast Du es schon 11 Jahre und es bleibt am Leben, weil ich es so will!

OK – OK – ich denke nicht an eine andere Lösung, obwohl ich die Stute schon lange nicht mehr reite – sie ist in „die Jahre gekommen"! Ja, ja, ich auch!

Sie soll leben bis zu ihrem natürlichen Ende – auf meine Kosten!

Nein, meine – Du kriegst ja schließlich für mich Witwerrente! Nochmal: OK!

Und der Dackel?

Den hast Du mir auch zugedacht, damit ich mich an keine andere Frau mehr binde, denn er duldet nur – meine – Deine – Freundin Zahnärztin in meiner Klause, mit ihrer Dackelhündin.

Der einzige Besuch von einer mir nicht gleichgültigen Frau endete fatal!

Mein Dackelrüde vertrieb sie mit Wutgebell – ich konnte nur mit Mühe einen Biss verhindern!

Also habe ich danach jegliche „Zweisamkeit-Pläne" aufgegeben – weil Du es so wolltest!

Ja, Du darfst jetzt noch mal über mich lachen!

Doch nun weiter von dem, was ich eigentlich sagen will!

Drei Tage nach Deinem Sterben habe ich mich wieder mit Gott versöhnt, ging ich wieder in Kirchen – nur nicht mehr in den Dom!

Dort war einmal unsere gemeinsame Zuflucht, Deine Trost- und Kraftquelle – so schöne Stunden konnte ich nur mit Dir erleben – allein wäre der Schmerz zu groß gewesen!

Habe mich dafür in anderen Kirchen auf die letzte Bankreihe gesetzt, dein Bild neben mich gelegt – so warst du immer an meiner Seite!

„28.01.2009"

Predigt zur Abschiedsstunde am offenen Sarg in der Kirche zu Wieck von Pastor Dr. G.:

Das Leben eines Menschen ist zu Ende gegangen, der sehr gern noch gelebt hätte. Doch die Schwere der Krankheit hat das unmöglich gemacht
Nicht immer vermag uns die Medizin von unserem Leiden zu befreien.
Oft noch sind wir ohnmächtig und müssen uns beugen, vor dem, was wir uns selbst nicht ausgesucht haben.

Und so, wie der Anfang unseres Lebens in den Händen eines anderen liegt, so ist auch das Ende nicht in unserer Macht.
Wir haben unser Leben als Geschenk erhalten und dürfen dankbar sein für jeden Tag, der immer auch zugleich unser letzter sein könnte.
Sie haben schon seit langer Zeit mit dem Gedanken leben müssen, dass Ihre Frau an ihrer Erkrankung sterben kann und nur noch wenig Zeit verbleibt zum Leben
Und bei aller Hoffnung auf Genesung, die es immer wieder gab, war auch immer wieder die quälende Ungewissheit, was kommen mag, wie lange noch das Leben dauern wird.
Ich weiß, geholfen hat Ihrer geliebten Frau das treue Vertrauen auf Gott! Nicht nur in dieser schweren letzten Zeit.
So wie der Spruch es sagt, der unseren Verstorbenen so wichtig war:
Lass Gottes guten Willen walten und gib dich ganz in seine Hand,
Er wird Dein Leben recht gestalten, ist Dir der Weg auch unbekannt.
Und ich bin mir sicher, gerade in den letzten Tagen angesichts des na-

henden Lebensendes wird Ihnen so manche Erinnerung an das gemeinsame Leben wieder vor Augen gekommen sein.

Gedanken und Bilder aus Höhen und Tiefen, die auch Ihr Leben als Ehemann prägten und ihm seine Konturen gaben ...

Nach der Trauerfeier waren Deine „Vier", der Pastor und ich, noch eine Weile in einer kleinen Kaffeerunde zusammen. Wir lebten ja beide in „der Fremde", kein anderer wusste von Deinem Tod, in voller Absicht! Denn auch Deine Krebserkrankung blieb „geheim"!

Der Herr Pastor sagte am Tisch: *Ich musste während der Predigt plötzlich weinen, was mir bisher selten passierte, habe deutlich die Nähe Ihrer Frau gespürt, als wenn sie geistig anwesend wäre! Ich habe nun drei Wochen Urlaub, ich bitte Sie, mit der Urnenbestattung bis zu meiner Rückkehr zu warten, ich möchte das unbedingt selber tun!*

Deinem Wunsch von damals, als Du mich nach dem schockierenden MRT um eine Seebestattung gebeten hattest, habe ich nicht befolgt, denn ich wollte mich mit Dir unterhalten, nicht in den „Seewind reden"!

Der Wunsch des Pastors wurde befolgt, darum war Zeit genug für „Besuche", durfte dreimal das Krematorium betreten, Deine Urne halten und Abschied nehmen!

In fest verschlossenen Metallbehältern mit Nr. und Namen dran wird die Asche bewahrt, alle gleich groß! Die dekorative Außenhülle suchen sich Angehörige im Beerdigungsinstitut dann selber aus.

Das Beerdigungsinstitut bot an, einen kleinen Teil der Asche bereits vorher in kleinen farbigen Keramikbehältern gegen Aufpreis mit nach Hause zu nehmen; ich kaufte zwei, stellte sie auf Deinen Altartisch.

Doch ich wurde bei dem Anblick nicht froh, sondern hatte eher das Gefühl, einen Körper getrennt zu haben!

Darum haben wir Dich wieder „vereint", nach der Urnenüberführung zu unserem gemeinsamen „Inselfriedhof", alle drei Urnen sind nun wieder zusammen im Erdreich.

Der Pastor vom „Inselfriedhof" hat bei seiner kurzen Predigt auf unseren Grabstein mit dem „Symbol" geschaut, aber nicht nachgefragt.

Daneben, die beiden Decksteine mit den Buchstaben WB und LB habe ich selber gefertigt, sie schützen Deine Urne, und später meine auch!

Herr Pfarrer hat sich aber sehr über meine kleine Kaffeetafel in einer Kirchenecke gefreut: Nur über mein Verbot, Deinen Namen im nächsten Gottesdienst als Verstorbene zu nennen, sich gewundert, aber dann auch befolgt.

Zum Akkordeonspiel vom jüngsten Enkel flossen unsere Tränen wie in Wieck, er benutzte Dein „Weltmeister"-Instrument; dann trugen wir die Urnen zur Grabstelle, versenkten sie und beteten alle gemeinsam das Vaterunser, anschließend bin ich noch lange allein am Grab gestanden, war glücklich, Dich in meiner Nähe zu haben, konnte Dich nun besuchen, wann und wie oft auch immer; brauchte keine 150 km mehr dafür fahren! Endlich wieder vereint!

Und der Friedhof ist ein schöner Ort, dort oben, in der Nähe zur Ostsee, wo wir auch oft unseren Urlaub am FKK-Strand genossen, denn prüde warst Du nicht!

Ich fahre nie zu einer Gestorbenen – Du wartest schon immer auf mich, wie im Krankenhaus, und wenn ich fortgehe, höre ich Dich so wie damals sagen: *Ach, bleibe doch noch ein bisschen!*

Dann rauche ich „eine – und wir quatschen dies und das!

Die ersten 9 Monate nach dem „Umbetten" bin ich fast jeden Tag am Grab gewesen, egal, welches Wetter.

Aus einem verwilderten Flecken hatte ich mühsam einen „würdigen" Platz der Ruhe für uns geschaffen, denn hier in dem Ort wollte ich mit meinem Dackel für „ewig" wohnen!

Ja, „endgültig" dauerte 9 Monate – wegen dem Dackel bin ich dort weg!

In der Wohnanlage hielten einige ältere Frauen Katzen, und er hasste diese wie die „Pest"!

Wir wurden „unerwünschte Personen"!

Was ich mir alles anhören musste: „Alter Affe" war noch geschmeichelt.

So zog ich noch einmal um, zurück zum „Heimatort"!

Zum Dackel brauchte ich nur sagen: Komm zu Frauchen, und er zog mich zielgenau über den ganzen Friedhof zu Dir, wenn der Schnee auch noch so hoch lag!

Ich war noch immer im „Besucher-Rhythmus", von der Klinik her!
Oft habe ich Dich auch in der Nacht besucht, mit Dir erzählt im Blinklicht der Leuchttürme von Arkona und Hiddensee.

Dir jahrelang helfend zur Seite stehend – und doch nicht helfen können – so sah ich mich damals, verzweifelt und einsam!!
Kein „Mann" mehr – nur noch ein „Haufen Elend". Und Trost – woher?

Im Flur der Onkologie hatte das ein junger Mann so versucht:
Meine Frau ist heute an Bauchspeichel-Drüsenkrebs elendig krepiert!
Was sonst unten den Körper verlässt, kam oben raus.
Ihre Frau starb friedlich, ohne Schmerzen und so sauber – seien sie dankbar, ich beneide Sie um den Moment!

War Gott im Sterben nun doch bei Dir? Und warum nicht auch bei der anderen, sich quälenden Frau?
Nein, Gott ist nicht bei uns, beschützt weder Kinder noch Erwachsene!
Die Krankheiten sind da, mit seinem Willen, ob wir das begreifen oder nicht: Ihm egal, er ist, wie er ist!

„Die letzte Stunde"

Gegen 18 Uhr kam ich in das Krankenzimmer!
Du hast kerzengerade im Bett gesessen, Dein Blick zur Tür gerichtet, doch der ging durch mich hindurch!
Ich habe vergeblich versucht, meine Augen in die Deinen zu versenken – die Tür – und nur zur Tür hast Du geschaut! Wen hast du dort gesehen?

Ich war schockiert, wie konntest Du Dich plötzlich von alleine aufrichten?
Tagelang kraftlos im Bett gelegen, und plötzlich so?

Ich habe Dich umarmt, sanft auf Dein Kissen gedrückt – geweint und gebetet: Herr, wenn Du meine Frau schon nicht geheilt hast, hole sie jetzt zu Dir, erlöse sie bitte!

Dann bin ich zum Arzt gegangen, um auch ihm zu bitten, noch etwas zu tun, Dir das Sterben zu erleichtern.

Er sagte: *Ihre Frau ist gut versorgt – sie leidet keine Schmerzen – mehr können wir nicht tun – aber damit müssen Sie sich abfinden – dieser Zustand kann noch Tage dauern.*

Als ich nach ca. 10 Minuten zurück kam, lagst Du da mit geschlossenen Augen, einfach so – gestorben ohne mich?!

Bis heute leide ich darunter, in Deinen letzten Minuten nicht bei Dir gewesen zu sein – und vorher? Unzählige Stunden!

Ich möchte gerne Bibelsätze, die Du besonders liebtest, aufschreiben – die Bibel wird es mir gestatten.
Der Gerechte wird aus Glauben leben.
Denn ich schäme mich des Evangeliums von Christus nicht, denn es ist eine Kraft Gottes ...
... dass Trübsal Geduld bringt; Geduld aber bringt Bewährung; Bewährung aber bringt Hoffnung; Hoffnung aber lässt nicht zuschanden werden, denn die Liebe Gottes ist ausgegossen ... – alles Sätze vom Apostel Paulus.

Meine Qual lindern weder Bibelsprüche noch der Satz von Dir, manchmal voller Dankbarkeit gesagt, wenn es dir gut ging: *Dich hat damals Christus geleitet!*
Es gab ja während deiner Erkrankung auch schöne Zeiten! Reisen – Kuren!
Innig vereint, so sehr, dass Du manchmal meintest, so wie in diesen Jahren hätte ich mir es immer mit Dir gewünscht!
Vor fünf Jahren war Dir der Tod näher als das Leben – kein Arzt ahnte das oder veranlasste eine gründliche klinische Untersuchung!
Nur durch meine Angst um Dich bist Du noch in letzter Minute auf den OP-Tisch gekommen!

Manchmal glaubte ich so wie Du, meine Handlung damals war Auftrag von Jesus Christus, er liebt Dich! Wir beteten täglich!

Ich anfangs mehr äußerlich, dann – nach und nach – als ich sah, dass es Dir gut ging – auch voller Dankbarkeit innerlich!

… *Einer trage des anderen Last, so werdet Ihr das Gesetz Christi erfüllen* – Apostel Paulus!

Die Zeit verging, Dein Zustand verschlechterte sich!

Ich bat Pastoren um Gnadenworte an Gott für Dich – auch einer Heilerin vertraute ich meine Sorge an und bat sie um ihre heilenden Kräfte!

Sie heilte durch ihre Kraft Deinen schlimmen Durchfall.

Auch Dein Urin ging durch ihre „Fernkraft" besser ab, dass der Arzt verwundert meinte: *Weiter so, und wir können die Wassertabletten reduzieren!*

Wie ich die Heilerin gefunden habe, ist es wert, als kurze „Episode" zu erzählen:

Es war einige Tage vor Weihnachten 2008.

Deine Zeit in der Klinik war bis zum 11.01.2009 ausgesetzt – die Ärzte meinten: *Dann versuchen wir noch mal was „Neues"!*

Die „Sozialarbeiterin" der Klinik schlug vor: *Pflegeheim oder Hospiz?* Du wolltest von beiden nichts wissen, schon gar nicht vom Letzterem, wärst am liebsten in der Klinik geblieben! Hospiz klang für Dich wie „Endstation"!

Ich bin dort gewesen und war angenehm überrascht von dem Haus!

Nette Schwestern, die mir bereitwillig alle Fragen beantworteten, gut versorgte Palliativ-Patienten sah ich in sauberen Betten, innerlich beschloss ich: Hier gehe ich hin, wenn „es bei mir zum Letzten geht! Höre dann durch das offene Fenster Starengesang aus den Kastanienbäumen – wie zu Hause!

Dann habe ich ein privat geführtes Pflegeheim gefunden, nicht weit von der Ostsee entfernt.

Ja, sie können auch hier wohnen, wir geben Ihnen ein Doppelzimmer!

Das war eine beruhigende Auskunft, ich füllte alle Formulare aus und freute mich über unser „betreutes" Zusammenleben!

Doch als wir ankamen, hieß es: *Aber nur, wenn Sie auch eine Pflegestufe haben – so hat die Geschäftsleitung gestern entschieden! Sie können sich ja in der Nähe eine Wohnung suchen!*

Ich bin durch den Badeort gewandert, um eine Bleibe zu finden, aber der Gedanke, die letzte Zeit Deines Lebens getrennt von Dir zu wohnen, machte mir großen Kummer!

Begegnete einen alten Mann, fragte ihm einfach so, kennen sie eine Frau, die „Heilen" kann?
Ja, Frau H. – wohnt dort im Dünenhaus – die kann das, machte schon viele Kranke gesund!

Ich bin hin zu ihr, eine sehr gutaussehende Frau mit lieben Augen. Habe ihr mein Leid geklagt.

Sie kam mit mir, hat mit Dir lange gesprochen und Du sagtest später, Dich hat dabei wohltuende Wärme durchströmt wie lange nicht mehr.

Die Heilerin nahm mich zur Seite: *Nehmen Sie Ihre Frau schnell hier raus und zu sich nach Hause, Sie wird bald sterben, ich kann den Krebs nicht heilen, aber die Nebenwirkungen lindern. Ihre Frau soll jeden Abend ganz fest eine Stunde lang an mich denken – haben Sie ein Bild von ihr dabei? Ja, hier, aber aus jüngeren Jahren. Das macht nichts – Danke!*
In dieser Stunde von 18 bis 19 Uhr reiben Sie ihre geschwollenen Beine mit Kartoffelmehl ein!

Unter großem Protest der Heimleitung war *Liebe* schon am nächsten Tag wieder in der Gott sei Dank noch nicht gekündigten Wohnung und ich konnte sie umsorgen!

Warum ich auf die Sozialarbeiterin in der Klinik gehört habe und *Liebe* nicht gleich zur vertrauten Umgebung am Flüsschen gebracht habe?!
    Weil die Frau mir die häusliche Pflege nicht zugetraut hat! Man kann vieles, wenn die Notwendigkeit das erfordert!
    Oder man lernt, so wie ich, das Setzen von Spritzen, Windeln anlegen und vieles mehr!

Als erstes habe ich *Liebe* eine Haferflockensuppe gekocht, die sie trotz mehrmaligen Wunsches und auch meiner Bitten im „Pflegeheim" nicht bekam!
    Da hatte ich schon genug und wollte wieder weg!
    Doch die Leiterin führte ein langes Gespräch mit mir, das mich fragen ließ, wer ist hier nun eigentlich krank?
    Statt der Haferflocken bekamst Du ein eklig braunes Fischgericht, das ich auch nur gegessen habe, weil mein Magen leer war!

Und es blieb ja dann auch bei dem einen Mittagessen!
    Wenn Sie Ihre Frau unbedingt umbringen wollen – von uns aus –, verlassen Sie das Heim, Ihre Frau befindet sich im Endstadium der Krebserkrankung und ist nicht mehr transportfähig!
    Als ich nach der Einweisung von Dir in Dein Zimmer kam, machten sie mit Dir „Geh-Übungen"! Du hast am ganzen Körper gezittert, ich habe mit Gewalt weiteres verhindert, Du wolltest doch nur noch ruhen!
    Und den schön geschmückten Tannenbaum auf der Terrasse konntest Du auch nicht sehen, weil Dein Bett mit dem Kopfende zum Fenster stand!
    Auf meine Frage: *Wegen der Technik, geht nicht anders!*
    Und das war in fast allen Zimmern so, na denn, frohe Weihnacht!

Aber dieses Formular müssen Sie unterschreiben, dass Sie eigenmächtig handeln, gegen den Willen Ihrer Frau und unserem!

Der Transport wurde behutsam vollzogen und wir haben ihn selber bezahlt – nur schnell weg hier!

Schließlich war ich der Betrogene, und habe richtig gehandelt!

Das „Gute" an unserem zwei Tage Ausflug: Frau H. hat dir wirklich geholfen!

Dein Sterben traf meinen Glauben an Gott – er war vergangen – ich schwor ihm und Christus ab.

Was waren das für Mächte, die nicht mal in der Lage waren, Dir als ihre gläubige kleine Frau zu helfen?

Da sollte glauben, wer will – meine Seele war durch Dein Sterben mitgestorben!

Warum sich nach drei Tagen eine leichte Narbe über die Wunde bildete, erzähle ich später.

Du weißt es? Na, klar, alles, was ich hier zu Papier bringe, bist ja Du, steckst in mir drin und kennst alles im Voraus, was ich schreibe.

Leider beherrsche ich nicht den gewaltigen Wortschatz des Apostel Paulus!

Gott, ich glaube – hilf meinem Unglauben! – trifft mich im Kern!

„Rache"

Rächet euch selber nicht, meine Lieben, sondern gebt Raum dem Zorn Gottes – denn die Rache ist mein, ich will vergelten, spricht der Herr! Apostel Paulus.

Trotz Deines Verbotes, gegen die Ärzte „anzutreten", habe ich am 18.02.2009, nach Deiner Urnenbestattung, drei lange, vorbereitete Briefe an die Dich behandelnden „Hausärzte" abgeschickt!

Per Einschreiben, denn ich wollte gewiss sein, dass die Briefe auch persönlich empfangen werden gegen Unterschrift!

Vier Wochen später danach dann die „Kassenärztliche Vereinigung" um Hilfe bei der Wahrheitsfindung wegen unterlassener Untersuchungen bitten, so mein Plan!

Mich quälte zu sehr der Gedanke, ob nicht ein früher verordnetes MRT oder CT zur Erkennung Deiner Erkrankung geführt und entsprechende Behandlungen Dein Leben gerettet oder verlängert hätten.

Bei ihren eigenen Frauen wären die Ärzte bestimmt rechtzeitig und zielgerechter vorgegangen!

Warum hat keiner in Deinen Körper – in Deine Wirbelsäule schauen lassen?

Warum erst nach verzweifelten Bitten meinerseits – mit dem furchtbaren Ergebnis!

Wo der OP-Arzt nach der Operation zu Dir sagte: Als ich anfing, waren wir entsetzt!

14 Tage später, und der HW wäre zerstört – Ihr Kopf hätte nur noch an Haut und Muskeln gehangen – ich sage ehrlich – wir hatten zeitweilig bei der OP große Angst, das hätte viel früher gemacht werden müssen!

Den Neurochirurgen warst Du sehr dankbar, als Lebensretter haben sie uns noch fünf gemeinsame Jahre geschenkt, aber konnten nicht das besiegen, was schon lange vordem hätte erkannt werden müssen, den Anfang der Wirbelzerstörung.

Ich selber hatte bis zu Deinem Sterben noch keine OP an mir erlebt.

Innerhalb der Jahre „nach Dir" haben mich „Deine" Neurochirurgen auch viermal operiert!

Das erste Mal von bösen LWS-Schmerzen erlöst, dann später dreimal die HWS „repariert" – fast alles wie bei Dir – nur eben keine Onkologie-Behandlung!

Hast Du dafür gesorgt, dass „dieser bittere Kelch", den Du austrinken musstest, „an mir vorbeigin"?

Danke dafür, und auch nochmal Dank dem Klinikum!

Du bist vorher so oft bei verschiedenen Ärzten gewesen, doch Dein „Fehler" war Dein hübsches Gesicht, immer gut gelaunt – hast Dich nie in den Vordergrund mit den Schmerzen gedrängt, sondern gemeint, anderen Menschen geht es noch viel schlechter.
Darin warst du wirklich eine „Simulantin", leider im umgekehrten Sinne!

Du warst immer eine optimistische Patientin, den Ärzten gegenüber offen und „kooperativ", wie es in Deinen Entlassungsdokumenten der Klinik steht!

Beispiel:
Du warst mal in jüngeren Jahren zu einer Karpaltunnel-OP an Deiner rechten Hand.
Es sollte nach einer neuen Methode in einer Lehrveranstaltung vor Studenten und Medizinern operiert werden. Natürlich mit Deiner Zustimmung.
Du wurdest von vielen umringt.
Einer fragte: Gibt es auch Ärzte, die sie nicht mögen? Ja – Gynäkologen.
Da hast Du für einen kräftigen Lacher gesorgt!
Das Video müsste noch im Archiv der Klinik sein!

Auf meine Briefe an Deine „Ärzte" erhielt ich vier Wochen später eine einzige Antwort, von Deinem Hausarzt, aus unserem Ostseeort.
Die anderen Schreiben lagen bestimmt schon auf den Tischen von Anwälten!
Nun lese bitte mit, was ich geschrieben habe!

An die Herren Doktoren, die meine Frau viele Jahre als Patientin führten!
Sehr geehrte Herren:
Erkennen Sie die kranke Frau dort auf den im Brief beiliegenden Bildern wieder?

Es ist meine Frau, Ihre ehemalige Patientin!

Wenige Tage vor ihrem Tod am 25.01.2009 – in der Onkologie der Klinik.

Auf dem einem Bild noch als mein Pflegefall, geborgen in unserer Wohnung, mit schönem Blick zur alten Ziehbrücke.

Auf dem anderen Bild – zum letzten Mal – in der onkologischen „Endstation"!

Ich durfte 11 Tage lang, Tag und Nacht, bei ihr sein, ihr Elend mittragen, es gab keine Hoffnung mehr!

Meine eigene Qual – und Mitleid – an ihrem Bett waren – und sind – grenzenlos!

Warum belästigen Sie uns mit Ihren Problemen, werden Sie inzwischen fragen.

Das ist Sache der Klinik – nicht die unsere!.

Doch! Ich schreibe Ihnen, weil die Schuldlast auf meinen Schultern nicht länger ertragbar ist, meine Frau nicht schon eher zum MRT gebracht zu haben!

Und darum sind Sie mitschuldig! Ich will meine Last auch auf Sie verteilen, Sie in die Verantwortung mit eingliedern!

Meine Frau war wegen der Rückenschmerzen oft genug bei Ihnen, was eine Überweisung zum CT-MRT gerechtfertigt hätte!

Warum taten Sie das nicht? Nennen Sie mir bitte die Begründung!!

Ich war heute, am 13.02.2009, wieder im Krematorium; wollte noch einmal den Sarg berühren.

Stattdessen gab mir der Arbeiter dort, entgegen der Vorschrift, die Urne mit der Asche meiner Frau in die Hände.

Erklärte den ganzen Verbrennungsvorgang im Detail, denn ich wollte alles genau wissen, ob auch wirklich die Asche der eigenen Verstorbenen darin aufbewahrt ist.

Ein bisschen Asche, mit zermahlenen Knochen, die beim Schütteln der Urne klappern – fern jeglicher „Romantik"!

Das ist alles, was geblieben ist, von der Frau, die Ihnen, werte Doktoren, so sehr vertraut hat!

Ich bestreite nicht: *Liebe* hat durch Sie, Herr Dr. S., auch viel Gutes erhalten!

Kuren oder die Unterstützung zum Erhalt der EU-Rente.

Aber, verflucht noch mal – warum war für Euch Heimatärzte das Wort: M R T oder C T ein Tabu? Das begreife, wer kann! (Aus heutiger Sicht im Jahre 2021 werden Sie es sicher auch nicht mehr verstehen!)

An dieser Stelle haben Sie versagt.

Mein Vertrauen auf Ihre Behandlungen war ab September 2004 einer großen Enttäuschung, Wut und Verzweiflung gewichen.

Eine lebensrettende OP musste meine Frau durchstehen, immer voller Vertrauen, Hoffnung und Glauben an den Beistand Jesus Christus und auf die Hände der Chirurgen!

Doch was jahrelang von Hausärzten versäumt wurde, konnten die Uni-Ärzte trotz mühseliger, stundenlanger OP auch nicht wieder gut machen!

Trotzdem hätte meine Frau mit dem Ergebnis der letzten OP gut leben können – aber die Onkologen schafften es nicht, alle bösen Zellen an den Wirbeln zu vernichten!

Darum mein Vorwurf an Sie: Wäre nur eine einzige der vielen – MRT und CT, die in der Uni-Klinik gemacht wurden, schon früher erfolgt, könnte meine Frau noch leben!

Der Operateur sagte uns nach den ersten beiden Eingriffen: Noch drei Wochen, und der Wirbel wäre durchgebrochen – vor einigen Jahren wäre die Erkrankung tödlich gewesen – eine OP undenkbar!

Und das haben Sie, sonst hochgeschätzte Mediziner, nicht gemerkt, wie schwer die Erkrankung schon war?

Sie haben meine Frau einfach nicht ernst genommen – vielleicht auch die Diagnose des bekloppten Neurologen gelesen – und dementsprechend eingestuft!

Als ewig aufgedrückter Stempel: Simulantin!

Dabei gab es die genannten Spezialgeräte ganz in unserer Nähe!

Kein Arzt nahm die Bezeichnung in den Mund – es war und ist ein bleibender Vorwurf, an Sie, meine Herren Ärzte!

Und das möchte ich Ihnen mit auf Ihren weiteren Weg geben: Sollten Sie etwa aus finanziellen Gründen die notwendigen Untersuchungen unterlassen haben, werden auch Sie, später oder früher, genau wie ich, einmal am Bett Ihrer Liebsten stehen und bitterlich weinen!

Gott ist hart – aber nicht blind!

Nun noch ein paar Worte für den Chiropraktiker.

Er wollte *Liebe* noch kurz vor dem Zusammenbruch „rucksen" – ließ es aber sein, sonst hätte er auch ihren Kopf im Arm gehabt!

Ließ sie sich aber kaltherzig auf der Pritsche auf und abquälen, dieser kalte Typ,, obwohl sie sich nur mit großen Schmerzen bewegen konnte! Blaffte sie an: Nun stehen Sie endlich auf!

Gab ihr noch eine Spritze mit dem Kommentar: Viel helfen wird sie nicht – aber ich bekomme von ihnen 5 Euro!

Was glauben Sie, Herr Doktor, wie gerne ich Sie damals besucht hätte, um Ihnen meine Faust zu zeigen und Antworten auf meine Fragen zu bekommen!

Sie alle haben gut bezahlte Anwälte und hätten mich des Hauses verwiesen, wegen Hausfriedensbruch – oder weiß ich, was noch!

Außerdem hatte mir *Liebe* mit ihrem sonnigen, verzeihenden Gemüt zu Lebzeiten streng untersagt, gegen die sie behandelnden Ärzte etwas zu unternehmen.

Ihr Motiv: Ärzte sind auch nur Menschen!

Als sie das sagte, lebte sie noch mit Hoffnung auf Heilung!

Wir waren froh über die Kunst der Uni-Ärzte – und ich hätte den ganzen Dreck der vergangenen Jahre vergessen – aber dann war sie tot!

Durch wessen Schuld sie so jung sterben musste, werde ich klären lassen!

Wir (Ich) hatten keine Ahnung, dass es so etwas wie MRT überhaupt gibt.

Darum habe ich ein „reines Gewissen", was mein Handeln betrifft, im Gegensatz zu Ihnen, werte Doktoren!

Der Orthopäde sagte zu ihr: Die Schmerzen im Rücken werden zum Alter bei Ihnen bestimmt noch schlimmer werden – damit müssen Sie leben – mit Schmerztabletten und Spritzen! Das war alles. Und *Liebe* war statt braun- blauäugig, hat ihm geglaubt!

Wie schön, wenn es so gekommen wäre!
Warum sagte er nicht: Ich schicke Sie mal in die Röhre zum MRT?
Nein, sagte er nicht, aber: Wir machen noch eine Knochendichte-Messung, die müssten Sie aber selber bezahlen. *Liebe* wäre so gerne mit mir alt geworden – auch mit Schmerzen:

Noch ein paar Jahre, wenigstens bis zur Goldenen Hochzeit möchte ich mit Dir leben! Es zerreißt mein Herz, wenn ich an diese, einige ihrer letzten Worte denke.
Jetzt bin ich nur noch ein verzweifelter, einsamer alter Mann, dem das Liebste genommen wurde.
Die gedanklich festgenagelten Bilder meiner Frau begleiten und quälen, wo ich auch bin!
In den letzten 11 Lebenstagen konnte sie kaum mehr sprechen.
Nur leises Stöhnen kam noch über die aufgesprungenen trockenen Lippen!
Dann verstummte auch das.
Ich öffnete das Fenster, damit ihre Seele zu „Dem" fliehen konnte, woran sie von ganzem Herzen geglaubt hat: Jesus Christus wird mich heilen – und er hat es getan – sie sanft erlöst.

Werte Herren Doktoren!
Sie können mir bei der Wahrheitsfindung über Versäumnisse Ihrerseits helfen und meinen Brief sachlich beantworten. Ich schreibe ja sehr emotional – von Schmerz geleitet!
Sie können auch zur Prüfung meiner Anfechtung alle Befunde und Dokumente der Klinik sowie anderer Ärzte anfordern – meine Zustimmung haben Sie!
Bei Dr. W. in der Hansestadt saß ich im Warteraum, wollte ein Medikament für *Liebe*, denn er war dort unser Vertrauensarzt.

Die Tür stand offen, ich konnte hören, wie er zu einer alten Frau sagte:

Frau Müller, wenn diese Salbe ihre Knieschmerzen nicht lindert, gebe ich ihnen eine Überweisung zum MRT! In 14 Tagen sehe ich sie wieder, gute Besserung!

Mich durchfuhr bei dem Gehörten ein Schreck: Der schickt die alte Dame wegen banaler Knieschmerzen gleich in die Röhre – und Sie, werte Herren, haben bei ungleich viel größeren Schmerzen meiner Frau das nicht für nötig gehalten? Hätten Sie wenigstens darauf hingewiesen, dass es so eine punktuell genaue Methode gibt!

Weil nicht, kam *Liebe*, duftend wie eine Blume, jahrelang mit einem Rezept von Ihnen nach Hause!

Fröhlich, vertrauensvoll, trotz kaum gelinderter Schmerzen – und die Brötchentüte brachte sie gleich mit heim!

Mich tröstet ein wenig, dass auch der Krebs im Krematorium verbrannte!

Sich endlich selber durch seine Gier nach immer mehr vernichtete!

Selbst kurz vor dem Sterben sagte sie noch bei einem ärztlichen Hausbesuch in unserer Wiecker Wohnung auf die Frage, wie es ihr gehe?

Ach, eigentlich ganz gut!

Ich habe mich weggedreht, um ihr meine Tränen nicht zu zeigen!

Dieses kleine „Elend", dem ich paarmal am Tag die Windel wechselte, der ich nur noch Schmerztabletten geben darf, täglich eine Thrombosespritze einsteche – die nur noch liegen kann – sagt so einen Satz, bei dem manch' Gesunder gezögert hätte!

Ihr liebstes Wort war: Danke! Bestimmt auch, als Christus sie abholte!

Und ich musste sie mit dem „anderen Mann" gehen lassen, obwohl ich früher so eifersüchtig war!

Gott gibt uns Schmerzen, damit wir erkennen, an welcher Stelle unser Körper erkrankt ist!

Und er erlaubt Ärzten, diese zu erkennen und zu heilen.

Aber ohne seine Hilfe geht das nicht, das heißt, der Arzt muss auch mit seinem inneren Gefühl bei dem Leidenden sein, alles versuchen, ihm zu helfen.

Liebe war von einem Vollidioten zur „Simulantin" verurteilt – bei dem fing das Verhängnis an!

Er ist inzwischen gestorben – sein Geist lebe im Unfrieden!

Arbeiten Sie mit Gott zusammen – nehmen Sie sich Jesus Christus zum Vorbild!

Oder Albert Schweizer, wenn Sie nicht gläubig sind!

Uneigennützig handeln und heilen – Ihrem Eid gerecht!

Ob Sie mir antworten? Oder diesen Brief gleich an Ihren Anwalt weiterleiten?

Ist mir egal – sollte ich innerhalb der nächsten 4 Wochen nichts von Ihnen diesbezüglich hören, wende ich mich an die Kassenärztliche Vereinigung, Abteilung Fälschliche Behandlungen, mit der Bitte um Unterstützung zur Wahrheitsfindung!

„*Vom Rächer zum Tröster*"

Liebe!

Ich werde die drei Briefe nach deiner Urnenbestattung am 18.02.09 an die drei Doktoren absenden, mit Rückschein, denn ich handele ja nicht in Deinem Sinne mit Vergebung, sondern bin auf Vergeltung aus!

Darum muss Deine Asche erst der Erde übergeben sein, damit ich, ungestört von Dir, das tun kann, was mein Inneres von mir verlangt: Rache für alle körperlichen und seelischen Qualen!

Wie es weiterging, fragst Du? Als ob Du das nicht schon alles im Vorab gewusst hättest, aber ich nicht!

Schon am 19.02. und am 23.02. lagen die drei von den Empfängern bestätigten Rückscheine im Briefkasten. Die Ärzte hatten die Briefe empfangen – aber gelesen?

Es blieb wochenlang still!

Ich schaute jeden Tag erwartungsvoll im Briefkasten nach – nichts!

Am 05.03.2009 war meine Geduld beendet, ich schrieb eine Vollmacht an die Kassenärztliche Vereinigung, Fälschliche Behandlungen, mit sehr ausführlicher Anklage gegen die drei Ärzte und der Bitte um Aufklärung wegen der unterlassenen Überweisung zum MRT/CT.

Am 18.03.2009, 4 Wochen nach Absendung der Briefe an Deine Ärzte wollte ich die Anklage starten!

Genau an diesem Tag erhielt ich auf einer schönen Beileidskarte die erste Antwort, von Deinem verehrten Hausarzt, von dem Du immer sagtest:

Dr. S. trifft keine Schuld, er hat mich immer gut behandelt und sehr oft auch geholfen!

Und warum hat er nicht das Entscheidende gemacht? Weil er auch nur ein Mensch mit Schwächen und Stärken ist, genau wie Du und ich.

Ich habe manche Antwort erwartet – nur mit diesem Inhalt auf keinen Fall!

Werter Herr Bohl.

Ich habe Ihren Brief erhalten und gelesen.

Bitte erlauben Sie mir, Ihnen mein aufrichtiges Beileid zum Tod Ihrer Frau auszudrücken.

Ich verstehe Ihren Schmerz – warum?

Im Herbst 2005 erkrankte mein Sohn an einer bösartigen Krankheit, ähnlich wie Ihre Frau.

Mein Kind starb im Januar 2008, im Februar ging die rote Urne mit meinem Sohn in die Erde.

Was bleibt, ist die Erinnerung und auch der Schmerz.

Ich kann Sie wirklich verstehen, ich verstehe Ihre Tränen und ich hoffe, mein Kind in einer anderen Welt wieder zu sehen! (Unterschrift)

Apostel Paulus sagt:

… und es gibt himmlische Körper und irdische Körper; aber eine andere Herrlichkeit haben die himmlischen und eine andere die irdischen …

… denn wir müssen alle offenbar werden vor dem Richterstuhl Christi; auf das ein jeglicher empfange, wie er gehandelt hat bei Leibesleben, es sei gut oder böse.

Der Apostel hatte immer mit ehrlichen und manchmal auch harten Worten zu seinen Gemeinden gesprochen, in Liebe!

Gut oder böse? Bei den Worten habe ich auch Probleme, denn „nur gut" war ich auch nicht immer zu Dir, habe Dir manchen seelischen Schmerz zugefügt!

Wenn ich daran denke, plagt mich immer noch mein schlechtes Gewissen und ich würde es gerne ungeschehen machen, es tut mir sehr leid und ich möchte mich für „das" entschuldigen, was Dir weh getan hat! Du weißt, was ich meine!

Doch nun meine Antwort an Deinen „lieben" Doktor!

Sehr geehrter Herr Dr. S.

Ihre Antwort hat mich sehr betroffen gemacht.

Also hatte meine liebe Frau doch Recht, als sie beim Schreiben meiner Anklageschrift gegen sie immer leise zu mir sagte: Lass das sein!

Wir wussten damals nichts von der Erkrankung Ihres Sohnes und Ihrem Kampf um das junge Leben!

Wir waren viel zu sehr im eigenen Leiden meiner Frau eingebunden und sind darum in die Nähe der Stadt Greifswald, erst nach Lubmin und danach nach Wieck, gezogen, um ihr den langen Anfahrtsweg zu den vielen Behandlungsterminen leichter zu machen.

Liebe hat Sie immer sehr geschätzt und war der Meinung, dass Sie die geringste Schuld trifft, Sie hätten sie oft genug zu anderen Spezialisten überwiesen, Kuren verschrieben!

Sie waren leider nur zu gutgläubig gegenüber anderen Diagnosen.

MRT! Warum nicht?

Heute habe ich den Brief an die Kassenärztliche Versicherung Rostock geschrieben mit der Vollmacht und Bitte, herauszufinden, warum das bei *Liebe* versäumt wurde!

Den Vorwurf lasse ich im Raum stehen!

Aber Ihre Karte berührt mich zutiefst und somit schicke ich meinen Brief nicht ab!

Dafür spreche Ihnen mein tiefes Mitgefühl zum Tod Ihres Sohnes aus und handele damit auch ganz im Sinne meiner Frau, dessen bin ich gewiss!

Ob wir unsere Lieben einmal in einer „anderen Welt" wiedersehen werden?

Ich glaube fest daran, und vielleicht hat *Liebe* mir nach ihrem Tod das sogar bewiesen!

Liebe, Du weißt genau, warum ich diesen Satz geschrieben habe – doch ich muss die Reihenfolge einhalten, sonst ist alles ohne Zusammenhang und schwer zu verstehen!

Dialog mit dem Professor – „tröstende" Worte!

Ich versichere, dass kein Satz, den ich schreibe, übertrieben oder nur ausgedacht ist!

Wie sollte ich mich auch trauen, jetzt, wo Du in der Nähe Gottes bist und in mein Inneres schauen kannst – im Gegensatz zu unserem früheren Leben.

Wir wohnten in Lubmin, einer schönen Wohnung innerhalb der „Blaumuschel" mit freiem Blick auf den Greifswalder Bodden. Die Insel Rügen in 15 km Entfernung auf der anderen Seite des vertrauten „Meeres".

Nicht weit von uns stand das Haus vom Professor.

Dadurch kannten wir ihm vom Sehen, denn wir wanderten oft bis zum Öl-Hafen an seinem Haus vorbei und sahen ihn dort wirken.

Ich weiß nicht mehr, wie es kam, dass ich an jenem Tag den Fahrstuhl der Klinik benutzte.

In der Kabine waren außer mir der Chef und eine Schwester.

Gerade eben hatte mir Dein Oberarzt mitgeteilt, dass es für Dich keine Chance mehr gibt und Dein Sterben unabwendbar bevorstünde.

Ich „ging in Panik und Angst neben mir"! Darum nutzte ich die Gelegenheit und fragte den Professor, ob wirklich alle Heilmöglichkeiten für Dich ausgeschöpft sind.

Er schaute mich nur groß an – sagte kein Wort.

Danach wurde ich in sein Büro gerufen, er und der Oberarzt erwarteten mich.

Herr Prof. fragte mich ärgerlich, was ich mir dabei gedacht habe, ihn einfach so im Fahrstuhl anzusprechen. Sie können mit mir einen Termin vereinbaren – aber nicht im Fahrstuhl!

Weil ich verzweifelt bin, und bisher keine Möglichkeit hatte, mit Ihnen über meine Frau zu reden!

Wir haben alles getan, was machbar ist und müssen uns an die Vorgaben der Krankenkasse halten – schreiben Sie doch an die „Bild", wenn Sie an der Behandlung etwas zu beanstanden haben!

Und übrigens – ich könnte Ihnen an jedem Finger einen Arzt aufzählen, der, genau wie Ihre Frau, am Krebs gestorben ist! Damit verließ er den Raum.

Der Oberarzt ließ mich nicht gleich fortgehen, nahm mich kurz in die Arme und sagte: Wir verstehen Ihre Qual, der Chef ist manchmal etwas knorrig, aber ein sehr guter Mensch! Wir haben in unserer Klinik oft mit Sterbenden zu tun, da müssen wir einen äußeren Abstand halten, aber nicht innerlich! Darum haben der Professor und ich soeben beschlossen, dass Sie ab sofort bei ihrer Frau nächtigen können, solange es auch dauern mag!

Es tut mir sehr leid um ihre Frau – aber unsere Kunst ist am Ende, wir können nichts mehr für sie tun, außer, sie schmerzfrei im Sterben zu begleiten!

So bin ich doch noch „getröstet" aus dem Zimmer zu Dir geeilt und konnte Dich die letzten 11 Tage Deines Lebens begleiten, bis auf die bereits erwähnten 10 Minuten.

Epilog

Du warst der „Liebling" aller Schwestern, besonders eine mochte dich besonders gerne, hast immer ihre langen braunen Haare gekämmt und gemeint, diese Pracht trugst Du auch mal in der Jugendzeit, bis sie der neuen Mode zum Opfer fielen!

Einmal kam die „Kleine", die ich auch gerne anschaute und mit ihr Späße trieb, weinend in Dein Zimmer, warf sich schluchzend auf Dein Bett!

Mein Sohn –22 – ist gestern hier eingeliefert worden – oben – über uns – Magenkrebs!

Ich bin so verzweifelt!

Du hast sie umarmt, getröstet wie eine Mutter, obwohl selber an der verfluchten Krankheit leidend, nur anderer Art.

Wie deren verzweifelter Kampf endete, weiß ich nicht – wir durften zu der Zeit die Onko-Klinik als „geheilt" verlassen, Du hattest später auch die „Chemo" gut überstanden, wenn auch mit totalem Haarverlust. Doch sie wuchsen wieder nach, und erstaunlich nicht in grau, sondern braun!

Eine kurze „Jugendfreude", und als der Arzt vor der folgenden Chemo amüsiert meinte: Die „Pracht" kriegen wir wieder weg, hast Du mitgelacht!

Aber die hübsche Perücke stand Dir dann auch gut, und für uns begannen „gesunde" Jahre!

Liebe, ich möchte doch noch etwas aus dieser „schönen" Zeit berichten, denn es wäre schade, die Erinnerungen in „der Schublade" zu verstecken.
 Erst sind wir wieder in unsere „Seeluftwohnung" zurück.
 Es folgten Reha und regelmäßige Fahrten zur Klinik.
 Das Treppensteigen fiel Dir immer schwerer, der große Nachteil unserer Wohnung, aus Kostengründen war kein Aufzug in dem fünfstöckigen Haus installiert worden.

Darum zogen wir nach Greifswald, in eine „Leerwohnung", was für ein krasser Unterschied, nur mit notdürftiger Einrichtung.
 Aber Du liebtest diese Stadt, hier hast Du drei Jahre studiert, und bei unseren Wanderungen bist Du immer an eurem „Wohnheim" vorbei, um mir Eure „Jungmädchen-Abenteuer" zu erzählen.
 Ich habe die Zeit vor Ort genutzt, um für uns was „Besseres" zu finden, darum die nähere Umgebung abgesucht und wurde in Lubmin „fündig," tolle, preiswerte, eingerichtete Ferienwohnung!
 Als ich Dich aus der Klinik abholte, fragtest Du: Wo bringst Du mich denn jetzt hin? – nach Lubmin will ich nicht!
 Doch dann warst Du begeistert vom Balkon mit Seeblick zur Insel Rügen und dem Eingang ohne Stufen.
 In dem Lokal unter unserer Wohnung, im Keller, war oft „Stimmung", wir genossen musikalische Unterhaltung und das bunte jugendliche Treiben, wurden dabei auch noch einmal „munter"!
 Auch der Ort war viel schöner als sein „Ruf" vergangener Zeiten! Es wurde gerade die Strandpromenade aufwendig erneuert.

Dir ist es zu verdanken, dass die Bänke in „richtiger" Höhe stehen.
 Du hast „Probesitzen" gemacht: Viel zu hoch – gucken Sie, meine Füße baumeln hin und her!
 Nee – alle genau nach Bauplan aufgestellt!

Am nächsten Tag eifriges buddeln, alle Bänke wieder raus.
Ein Glück, dass Sie „gesessen" haben! Der Projektleiter hatte sich in der Zeichnung geirrt!

Ein anderes Erlebnis, auch hier!
Vom Uferweg sehen wir einen Fischadler, wie er sich mit den Schwingen auf der Wasseroberfläche mühsam zum Ufer kämpft.
Am Strand angekommen, erhebt er sich, das Wasser perlt im Flug aus dem Gefieder, und ein Fisch, viel zu groß für ihn, zappelt in seinen Fängen!
Er hat sein Leben riskiert, um seinen Nachwuchs, irgendwo in den Kiefernwäldern versteckt, zu ernähren.
Diese wurden übrigens hier von Schweden vor langer Zeit angepflanzt, weil sie wegen der guten Bodenbedingungen besonders schlank und gerade gediehen, wichtig für deren Schiffbau!
Von Lubmin sind es ca. 20 km bis Greifswald, für uns kein Hindernis, jeden Sonntag den Dom zum Gottesdienst zu besuchen, und viele Konzerte! Von den ganzen schönen Erlebnissen erzähle ich Drei, zur Erinnerung für mich!

Um Dir meine „Treue" zu beweisen, hatte ich den Dompfarrer um nachträgliche kirchliche Trauung gebeten, aber das ging nicht, weil mir, im Gegensatz zu Dir, die Konfirmation fehlte.
Warum ich damals zum Pfarrer gegangen bin?
Du hast mich nicht darum gebeten, aber ich hörte Dich im Bad weinen, Du kamst heraus, Deine braunen Haare in der Hand!
Nun liebst Du mich nicht mehr, schau mal, wie schrecklich ich jetzt aussehe – ohne Haare!

Der Pastor meinte, den „kirchlichen Ehesegen" könne er an uns vollziehen, aber nicht die Trauung nachholen.
Und das geschah feierlich in großer Festveranstaltung, am 21. Mai 2006, im Dom St. Nikolai zu Greifswald, verbunden mit der Ehrung der „Goldenen Konfirmation", zu der Du auch gehörtest!

Das zweite Erlebnis war für Dich eine „Sensation"!

„Königin Silvia von Schweden"

Wir pflegten eine gute, fast herzliche Beziehung zum Dompfarrer und Küster „Berni"!

Du hattest eine Freundschaft zum Pastor, weil auch dessen Eltern aus der gleichen Gegend stammten, wo Du auch mal gewohnt hast.

Bestimmt haben sie bei Euch in Körlin/Köslin im Kolonialwarengeschäft mal eingekauft!

Oder ein Bier in der kleinen, dazu gehörenden Kneipe getrunken!

Nebenbei hat Dein Vater auch noch die Haare der Landsleute geschnitten.

Der Krieg hat Euch alle aus der Heimat vertrieben!

Ich hatte mehr Verbindung zu Berni, er stammte beruflich, wie ich ja auch, vom „Bau" – war gut beleibt und bereitete vorzüglichen Kaffee.

Berni hatte immer für uns Konzertkarten in Reserve – zur 500-Jahrfeier der Uni, zu der auch Königin Silvia mit Horst Köhler, damals Bundespräsident, erwartet wurden, durften nur auserwählte Gäste!

Die Königin, Dein großer Schwarm, braune Haare und Augen, genau wie Du, und wir nun nicht dabei!?

Berni ging zum Pastor – und gab uns dessen Erlaubnis zur Teilnahme an der Feier!

Du hast Berni fast erdrückt vor Freude!

Auf der Empore hatten wir unsere Plätze bekommen, diese war für alte Hochwürden reserviert!

Berni hatte noch viel Arbeit, alle Kirchenbänke mussten aus Richtung Altar zur Bühne und Orgel gedreht werden!

Und der Dom sollte strahlen im Lichterglanz. Und duften im Blumenmeer!

Als wir am Festabend durch Scheinwerferlicht und Sicherheitskräfte an der Seitentür anlangten, wartete Berni dort auf uns, sagte nur zum Security Mann: Das geht in Ordnung – das Paar gehört zu mir.

Auf der Empore fragte mich ein betagter Pastor: Und welche Gemeinde betreuen Sie – ich kenne Sie gar nicht!

Doch da ertönte eine Fanfare, ich brauchte die etwas peinliche Frage nicht mehr beantworten.

Alle erhoben sich, Königin Silvia betrat an der Seite von Horst Köhler das Kirchenschiff; beide schritten würdevoll zu ihren Ehrenplätzen, freundlich zu allen Seiten grüßend!

Liebe war glücklich, die Königin! Und dort so nah und strahlend schön!

Und das Konzert nach deren Ansprachen war genauso schön!

Am Sonntag darauf trafen wir Berni wieder, der Kaffee duftete schon.

Alle Bänke standen geordnet Richtung Altar.

Liebe schwärmte noch mal von der Feier, aber Berni meinte nüchtern:

Ich bin froh, dass das vorbei ist – was glaubt Ihr, wie oft der Dom vorher gründlich durchsucht wurde – jeder Winkel!

Heute waren wir auch wieder gespannt: Ein Arzt, ein Rechtsanwalt und ein Gastpastor wollten jeder aus seiner Sicht zum Christussatz: „Auf diesem Eckstein will ich meine Kirche bauen" sprechen.

Die dritte Erinnerung an die Domstunden habe ich uns als Gedicht geschrieben.

„Weihnachtszeit 2007"
Im Dom scheint warmes Kerzenlicht,
durch das Portal strömt Menschenmenge!
„So Viele" sieht man hier sonst nicht –
doch „Weihnachtszeit" füllt Schiff und Ränge!
Der Pfarrer bittet uns zum Beten,
Orgelspiel den Dom durchhallt.
Ein jeder greift die Hand des nächsten,
vom Glockenturm Geläut erschallt.

Der Dirigent eint meisterlich
Orchester – Chor und Solo sang.
Am Ende trifft noch jeder sich
am „le Buffet" im Seitengang!
Professoren und Doktoren,
Kinder – Junge – Alte – Kranke;
Studenten mit Lektoren –
alle sind im Dom vereint!
„Weihnachtszeit" geht nicht verloren,
wenn man „Weihnachten" mit meint!

Liebe, ich habe jetzt eine längere Schreibpause hinter mir.

Der Grund: Mein kleiner Freund, der Dackel, ist nach fast 12 Jahren von einem Tag zum anderen gestorben.

Der Tierarzt hat noch versucht, sein Leben zu verlängern – vergeblich.

Die Lebensuhr war abgelaufen und er starb auf seinem Lieblingssessel.

Ich war 24 Stunden allein in meiner Klause, dann bin ich nach Usedom im dicken Nebel und habe mir die Hündin Anda von alten Leuten geholt.

Ich denke, dass Du sie mir vermittelt hast, weil sie es jetzt gut haben soll!

Gefunden als Welpe auf einer bulgarischen Müllhalde, hat sie als einzige von neun überlebt. Anda ist zwei Jahre alt und unheimlich dankbar!

Ich habe Dackel Jäcki sehr geliebt, er meinte: Gib diese Liebe auch meinem Nachfolger!

Ja, mein Freund, ich verspreche es Dir, und Ihr Platz ist Deiner, freiwillig, der Sessel mit der Wolldecke!

Nun schauen wieder zwei braune Augen zu mir – nur, so „wild" wie Du ist der Mischling nicht, aber fünfmal schwerer. Danke, kleiner treuer Freund, für die Zeit bei mir!

Liebe, es wird langsam Zeit, dass ich wieder zum Eigentlichen meines Dialoges mit dir komme!

Und das tue ich mit der weiteren Rückschau auf die Zeit danach!

Eine furchtbar zähe Rolle in deinen letzten Lebensmonaten hat die „Pflegekasse" geboten!

Du hast von den in kaltem Beamtendeutsch geschriebenen Negativ-Bescheiden ja nichts mehr mitbekommen.

Ich habe sie Dir auch nicht vorgelesen, dabei wurde uns die Erhöhung deines Pflegegrades förmlich von einem ambulanten Dienstleister aufgedrängt!

Ihnen steht auf jeden Fall die „Stufe drei zu! – hieß es nach deren Hausbesuch. Mindestens die „Stufe Zwei!

Gesundheit wäre mir lieber als das Geld, sagtest Du, und hast Dich über jeden kleinen Fortschritt bei Deinen Körperübungen gefreut. Das war noch in der „Ostseewohnung"!

Doch die kontrollierende „Schwester" von der Kasse sah das anders! Weil Du mal wieder keine „Simulantin" warst, sondern dieser Person glücklich gezeigt hast, was Du alles kannst!

Sie hat sich scheinheilig mitgefreut, Dich gelobt und unsere Bewirtung dankend angenommen!

Postum kam dann auch die Ablehnung, kein Grund für eine Erhöhung – das war im September 2008!

Bei Ihnen liegt kein Grund für eine Erhöhung der „Pflegestufe 1" vor – der Antrag wird somit abgelehnt!

Vier Monate vor Deinem Tod!

Wir waren zu der Zeit mal wieder in unserer „Seeluft-Wohnung" und freuten uns auf jeden Tag!

Du sagtest da noch voller Hoffnung: Bestimmt feiern wir mit unseren Lieben Goldene Hochzeit!

Dann ging es dir plötzlich wieder schlechter, Du hast die Treppe nur noch mit meiner Hilfe geschafft!

Darum zogen wir nach Wieck – wie schon geschrieben.

Du hattest Windeln um, ich habe mich gefreut, wenn sie „schwer" waren vom Urin!

Auf Drängen des manchmal reinschauenden Arztes hatte ich noch einmal den Antrag auf „Erhöhung" gestellt.

Genau Heiligabend flatterte die letzte Ablehnung von der Kasse in den Briefkasten, immer mit Unterschrift derselben „Sachbearbeiterin I.M."!

Als ich ihn gelesen hatte, wurde mir schlecht und ich habe das herzlose Schreiben zerrissen!

Die Wohnung am Ryck war weihnachtlich geschmückt, Lichter von der Zugbrücke leuchteten durch das große Fenster und es duftete nach leckerem Essen.

Weißt du noch, wie Du zum Onkologen sagtest: Herr Doktor, ich esse so gerne Kammkotelett! Und er antwortete: Ich auch, ich auch! Essen Sie, wenn es Ihnen schmeckt!

Darum ist es so schwer, zu begreifen: Es gibt Dich nicht mehr!

Am 25.01.09 bist Du gestorben, am 03.02.09 bekam ich ein erneutes Schreiben von der Kasse, hier folgt es jetzt im Auszug:

Zum Tode Ihrer Ehefrau möchten wir Ihnen unser aufrichtiges Beileid aussprechen ... die Höhe des Pflegegeldes richtet sich nach dem Grad der Pflegebedürftigkeit ... laut Gutachten unseres Medizinischen Dienstes vom 29.01.2009 lag bei Ihrer Frau „Schwerpflegebedürftigkeit – Pflegestufe 2" vor.

Es erfolgt eine Nachzahlung von 1226,00 Euro.

Du warst am 29.01.09 bereits im Kühlraum des Krematoriums im Sarg – hast Du Dich über den Besuch des „KKMD" auch gewundert? So wie ich – oder sogar gestaunt?

Das Schreiben war auch nicht mehr von „Frau Herzlos", sondern von einem Mann – K.T. – unterzeichnet ... Du hast in dem Büro mal ein bisschen Milde ausgestreut, oder?

Wie es mir so geht, acht Wochen „nach Dir"? Immer noch ziemlich mies!

Beim Einkaufen wird mir flau, wenn ich all die schönen Sachen sehe, die wir beide so gerne gegessen haben, und dann pack' ich Waren ein, wo Du sagen würdest: Äh – bäbä! Mikrowellen-Fertiggerichte z. B. Fahre viel Fahrrad, wandere, grüble, stehe spät auf und ebenso zu Bett, das ich hasse! Schlafe nur unter Decken, kann keine Bettwäsche mehr sehen und vertragen! Habe schon dreimal die Wohnung gewechselt – doch jetzt gehe ich dorthin, wo wir schöne Urlaubszeiten hatten, zur „Schabe"!

Ich spinne? Nein, habe die Kaution schon bezahlt. Und Du kommst mit!

Zuerst mal als Asche in den kleinen Keramikurnen und wenn ich einen Friedhofplatz gefunden habe in der Nähe meines neuen Wohnortes, hole ich Deine Urne nach, grabe sie heimlich aus, falls es keine Genehmigung wegen „Umbettung" und „Grabesruhe" geben sollte, steht ja nur 50 cm tief im Sand! Doch ich „durfte", habe darum Deine Bestattung zwei Mal bezahlt, denn eine Rückerstattung gab es nicht – unser „Erspartes" war arg geschrumpft!

Als es mir sehr schlecht ging, habe ich oft an die Kraft „der Heilerin" gedacht und wollte schon selber davon Gebrauch machen – aber dann doch nicht.

Sie hat Dir geholfen vom Dezember '08 bis zum 25. Januar '09, dem Sterbedatum.

Auch Dein Geburtstag war ein Sonntag, im eisigen Januar '42: Die Hebamme kämpfte sich mühsam mit ihrem Koffer durch einen schweren Schneesturm in Euer Dorf, konnte Deiner Mutter noch rechtzeitig helfen, Dich in das Leben zu holen!

Dein Vater war „an der Ostfront," kam erst '51 aus der Gefangenschaft frei, sein Eigentum sah er nie wieder, der Hof war „abgefackelt"!

Er fand Euch beide auf dieser Insel wieder, als Flüchtlinge; mit einem Kissen für Dich zum Schlafen und einem Koffer war Deine Mutter in Todesangst mit dem Treck geflohen! Dein Vater wurde „Neubauer", auf „Bodenreformland", er wollte sich nie mehr kommandieren lassen! Darum schufteten Deine Eltern Tag und Nacht, bis die „eigene Scholle" bewohnbar war! Das ist eine Geschichte für sich, aus heutiger Sicht wegen der damit verbundenen Strapazen nicht mehr vorstellbar: Auf einem Hügel am Rand des kleinen Dorfes bauten Deine Eltern ihr Siedlerhaus ausschließlich in Handarbeit, Wohnung und Viehstall unter einem Dach; auch der 6 m tiefe Ziehbrunnen wurde mit Spaten, Schaufel und Eimern nach dem „Wünschelrutengang" in der weit entfernten Wiesensenke ausgeschachtet, der Lehm als Isolierung zwischen den Deckenbalken verarbeitet!

Wasseranschluss gab es am Neubau nicht; jeder Liter wurde in Kannen den langen Berg hochgeschleppt, geschöpft an einer Holzstange hängend, die an der Brunnenwippe mit Gegengewicht drehbar befestigt war. Erst viel später, als Klärwässer auf Feldern und Wiesen versprüht wurden, bekam jedes Haus auch einen Wasserhahn, denn der Nitratgehalt in allen „Flachbrunnen" stieg bedenklich in den „roten Bereich"! Und das war 1975!

An Deinem „Todessonntag" rief ich die „Heilerin" vormittags an.

Bevor ich was sagen konnte, sprach sie mir ihr herzliches Beileid aus!

Nein, meine Frau lebt noch und ich bitte Sie, helfen Sie Ihr beim Sterben – Sie leidet nur noch! Ihre Frau ist gestern Abend gestorben, die Seele hat den Körper bereits verlassen – ich spüre seitdem keine Gegenkraft mehr! Heute, zwischen 18 und 19 Uhr wird Sie auch Ihre Augen schließen! Und so ist es auch geschehen, um 18 Uhr 45!

Gibt es eigentlich Schlimmeres, als um das Sterben eines geliebten Menschen zu bitten?

„Meine Vision"

Es war nach der „Wende", ich arbeitete auf einer Baustelle. Brütende Hitze in der Mittagszeit – dazu starker Kaffee.

Sitze auf Treppenstufen, plötzlich wird es milchig um mich und kühl.

Aus dem Nebel kommt Adolf Pilz, ein schon lange wegen „Suff" verstorbener Ingenieur aus unserer Stadt auf mich zu, wie immer im grauen langen Mantel!

Aber er kam nicht näher, nur sein Gesicht wurde deutlicher.

Schwitzt der gar nicht, dachte ich noch, doch er schaute ruhig lächelnd zu mir.

Dann sah ich Bilder einer Fata Morgana:

Komme selber aus dem „Nichts" – stehe neben Deinem Bett – fast zu spät!

Fasse Deine Hand – matt und kalt. Du flüsterst: Kommst noch rechtzeitig – Danke.

Tiefe Traurigkeit ergreift mich, sage, ich kann Dich nicht sterben sehen, treffe Dich in einer anderen Welt wieder.

Dann bin ich fortgegangen – genau wie Adolf Pilz, der sich noch einmal umdreht, mir zuwinkt!

Der Nebel um mich hatte sich verflüchtigt, die Sonne brannte wie vordem.

Dieses Traumaerlebnis habe ich dir verschwiegen, zu groß war die Angst, es könnte wahr werden – und es wurde wahr!

Glaube mir, Liebste, während der langen, vergangenen Zeit des trostlosen Geschehens war mein Herz wie ein schwerer, schmerzender Klumpen, mein Kopf nur ein Anlaufpunkt furchtbarer Worte vieler Menschen, wo wir doch beide die Zweisamkeit liebten!

Wie war ich einmal eifersüchtig auf jeden Mann, der Dich nur anschaute oder gar berührte!

Und wieviel Hände haben Dich jetzt und in den letzten fünf Jahren berührt!?

Was wissen wir schon, wenn wir denken, es geht uns gut? Nichts, nur der Augenblick zählt, die sogenannte Gegenwart, obwohl es die gar nicht gibt! Die Zeit läuft weiter, jede Sekunde ist Zukunft, von der ich keine Kenntnis habe. Nur die Vergangenheit ist bekannt, alles andere Spekulation! Warum ich zu Christus betete, fragst Du mich? Für Dich habe ich es getan, Dir sollte er helfen, an Dir seine Kraft beweisen, wie wir es oft in der Bibel TV gesehen haben! Ich hatte ihm auch angeboten, mich für Dich zu nehmen! Nicht ernst genug! Kann sein, wer stirbt schon gerne mit Freuden? Ich hätte es für Dich getan! Hatte Dir auch angeboten, gemeinsam in der Schweiz zu sterben. Was soll dann aus unserem lieben Mädchen werden? Dann hat sie doch auch keinen Vati mehr! Ihr eigener Papa war mit knapp 60 Jahren an brutalem Blutkrebs gestorben, noch vor Dir.

Der Krug mit Deinen Tränen ist voll und wird zu schwer für mich, höre bitte auf zu weinen!

Ja, ich will es versuchen, aber den Abschied aus der Klinik erzähle ich noch.

Als ich Dich tot im Bett sah, bin ich nach einigen Minuten der Fassungslosigkeit zum Schwesternzimmer gegangen: Meine Frau möchte jetzt nach Hause – darf sie aufstehen?

Sie schauten mich entgeistert an. Ja, sie möchte heim zu Jesus Christus und sich von Ihnen verabschieden und bedanken!

Da begriffen sie, was geschehen war, riefen: Sie ist tot, wir waren doch noch vor kurzem bei ihr, und liefen alle in Dein Zimmer! Weinten, und auch der diensthabende Arzt zeigte viel Mitgefühl, denn die Jahre gemeinsamen Kampfes gegen den Krebs waren nicht einfach weggewischt.

Ich hatte Dich nun wieder als „meine" Frau – frei von allen Schläuchen, Kathetern – ein friedliches Gesicht schaute mich an und Augen, die schliefen.

Nach dem Gutachten des Arztes bekam ich die Erlaubnis, bei Dir zu nächtigen, zur Verabschiedung, was ich dankbar annahm, durfte Dich waschen, neu ankleiden.

Zum Glück hat das Bestattungshaus das korrigiert und meine Mischung bunter Sachen später gegen würdige ausgetauscht! Aber alles wurde mit in den Sarg gelegt und mit Dir zu Asche!

Dort lagst Du, ganz in Weiß, rote Rosen auf der Brust. Die lagen später getrocknet auf dem Altartisch für Dich.

Im Zimmer war es so still – kein Atmen und Stöhnen. Ich saß neben Dir, am offenen Fenster, erzählte von unserem Leben, weinte und betete. Dein Körper erkaltete immer mehr, ich legte mich dicht neben Dich und schlief mit Hilfe von Tabletten drei Stunden ein.

Aber als sie Dich um 10 Uhr in eine Plane gehüllt aus dem Zimmer fuhren, war die Trennung endgültig, ich trottete hinter der Bahre her auf dem oft begangenen, langen Flur, heute so endlos lang! Schwestern und Ärzte bekundeten Mitgefühl, doch ich erkannte sie nicht mehr, meine Augen waren von Tränen verschleiert!

Von „Deinen beiden Lieben" hattest du dich bereits am Donnerstag verabschiedet, sie waren während Deinen letzten Tagen so oft wie möglich bei Dir, haben Dich gestreichelt.

Sprechen konntest du nicht mehr, aber Deine Arme ausgebreitet, Deinem „lieben Mädchen" entgegengestreckt, und sie fest umarmt, als allerletzte, bewusste Handlung. Sie hat ihre Gefühle für Dich in einem Gedicht ausgedrückt, welches neben dem meinen viel später in der Zeitung als „Todesanzeige" stand, wie anfänglich als Dialog geschrieben:

Liebe Mutti

Deine braunen Augen nun geschlossen, deren Blick wir stets genossen, Deine Liebe uns gespeist, Du bist nun ganz weit verreist!

Deinen Platz wird niemand füllen, und Dein Geist wird uns umhüllen. Wird uns führen, stets begleiten, unsern Weg hier weiterleiten!

Du bist eins nun mit dem Herrn, wohl behütet als sein Stern! Seines Segens wohl gewiss, vertrauen wir, wie's kommen muss!

„Technisches"

Das Krematorium, wo ich Dich öfter aufsuchte, ist ein ehrwürdiges Backsteingebäude am Rande des Stadtfriedhofes. Innen modernste Technik, kein Qualm, Geruch oder Lärm. Ich war am 12.02. dort – alles fest verschlossen. Dann wieder am 13. – jetzt durfte ich vortreten, aber nicht fotografieren! Der kleine freundliche Mann brachte mir deine fest verschlossene Urne, das Grundgehäuse, wie eine kleine Regentonne aus Stahl geformt. Die zweite Hülle ist nur Dekoration, die man aussuchen kann.

Man hatte Dich schon am 09.02. eingeäschert, in einer der zwei Brennkammern bei 600–1000 Grad. Der „Ofen" wird durch Zufuhr von Gas erhitzt, bis der Sarg von selber entflammt. Der Vorgang dauert etwa eineinhalb Stunden. Von der oberen Brennkammer fällt die Grobasche in die darunterliegende zweite Kammer.

Dann wird mechanisch Edelmetall aussortiert, bei Dir bestimmt viel Titan!

Nun wird alles fein gemahlen. Nochmal rutscht die Asche in die Kühlkammer zur Entnahme für die Urne. Auf Wunsch bekommt man in kleinen Keramikurnen ein wenig Asche im Vorfeld des Urnenganges gegen Aufpreis.

Ich habe zwei braune Behälter genommen, diese aber bei Deiner „Umbettung" auf unsere Insel neben Deine Urne mit beerdigt – so warst Du wieder in einem!

Die Särge stehen gestapelt in Kühlregalen, man kann sich darauf verlassen, die „richtige" Asche zu bekommen! Alles ist genau mit Namen und Nummern versehen! Aus allen Bundesländern werden hier Menschen eingeäschert – ich durfte Deine Asche anfassen, unser Schicksal aber nicht „erfassen"! Übrigens, in der „Original-Chronik" sind viele Fotobilder, mein wertvolles Album, aber darf ich diese hier zeigen? Wer weiß, was der „Datenschutz" dann findet! Nach diesem „technisch geprägten Abschnitt" geht es weiter mit „Gefühl"! Du hattest mich Gottseidank schon mit 56 aus dem „aktiven" Arbeitsleben „befreit"! Meintest zu Recht, wir wollen jetzt zusammen sein, solange es geht. Wie wahr, doch noch ohne Ahnung, was da 10 Jahre später uns erwartete. So konnten wir unsere schöne Ostsee-Wohnung genießen, machten Kuren in Bad Füssing, Bad Ems, Ahrenshoop, Bad Sülze, fuhren dorthin, wo es uns gerade hinzog. Entdeckten Deutschland, was vorher nicht möglich war. Besonders gerne schauten wir uns Kirchen an – nicht nur von außen. Einmal nahmen wir am katholischen Gottesdienst in Sankt Peter Ording teil, oh, dachte ich, die haben es aber bequem, sogar eine Fußstütze vor den Bänken, und benutzte sie dann auch dafür.

Meine Nachbarin flüsterte: Das ist ein Kniebrett im Gebet – Entschuldigung!

Nur vor der Alterszahl „60" hatte ich Angst!

Zu viele Bekannte sind mit „dieser Zahl im Gepäck" gestorben. Und wer behauptet, nicht ein bisschen nachdenklicher ab jetzt zu sein, dem glaube ich nicht!

Denke dabei an Karin! Mir geht es gut – mit 60 macht es doch erst Spaß! 63 wurde sie – und aus! Mein Opa war erst 61, der frühere Kollege vom Bau 67 – und noch mehr könnte ich aufzählen.

Du meintest bei dem Thema, ich sei durch Opa traumatisiert.

Stimmt, sein Sterben dauerte fast drei Jahre und war grausam!

Und wie wäre Deine Meinung jetzt?

Du bist mit 67 gestorben!

Als ich unsere letzte, gemeinsame Wohnung in Wieck abmeldete, sagte der junge Verwalter beim freundlichen Abschied:

Ich kann Sie gut verstehen, aber meine Freundin starb voriges Jahr mit 22 an Leukämie – und wir hatten so viele Pläne!

Ich vermisse sie so sehr, und werde die Bilder ihrer letzten Stunden nicht los, seien Sie dankbar für Ihre lange, gemeinsame Zeit!

Ich alter „Jammerlappen" war sehr erschrocken, er sagte das so ruhig!

Ein Mädchen starb in deiner Sterbestunde nicht weit entfernt in ihrem Auto, der eigene Freund, ein Feuerwehrmann, schnitt sie aus dem Schrotthaufen heraus.

Sterben gehört zum Leben – für den, den es trifft, schwer zu begreifen!

Wir durften viele Jahre lieben, leben, streiten – doch dank Deiner Natur nie lange „maulen"!
Was meinst Du? Ich habe Dich schön getröstet? Nein, ich mich selber!

„Das Grundstück"

Wir hatten eine ehemalige wilde Müllkuhle, 1300 m² groß, mit viel Geld und Aufwand erworben als genehmigtes Bauland und bereinigt! Doch plötzlich kamen fürstliche Besitzansprüche, und alles „ruhte" 10 Jahre in Schubfächern.
Inzwischen waren meine Baupläne auch „Geschichte" und wir wollten darum das Land als solches verkaufen.
Doch mit einem Mal meinte die örtliche Behörde, nun sei es kein Bauland mehr, nur eine Laube würden sie genehmigen, von der einstigen schriftlichen Genehmigung wollte keiner mehr was wissen!

Wir hatten einen ernsthaften Interessenten aus Köln, aber er zahlt nur die beachtliche Summe, wenn er ein Haus bauen darf.
Unser Amt stellte sich weiter stur, doch das übergeordnete gab „grünes Licht" und so hast Du auch noch genau an Deinem Geburtstag, den 04.01, mitbekommen, als der Käufer sagte, es wäre nur noch ein „Anhörungsverfahren" fällig.
Du warst sehr froh, denn das Geld sollten unsere „Vier" erhalten, sie brauchten es und Du warst immer großzügig!

Aber noch war es nicht hundertprozentig, denn unser Bauamt hatte Einspruch erhoben – warum?

Ich denke, weil man uns die 55 000 nicht gönnte, sondern lieber selber für eigenes Bauland „einkassiert" hätte!

Der „Köllner" wollte aber unseres, sonst nichts!

Drei Tage nach Deinem Sterben war die Trauerfeier in der Seemannskirche Wieck.

Danach saßen nur wir „Fünf" am Kaffeetisch, dachten an Dich, erzählten und weinten.

Plötzlich klingelte mein Handy, der „Köllner" rief an und teilte mit, dass er eben die Baugenehmigung aus seinem Briefkasten geholt hätte – er würde die Summe umgehend überweisen!

Ein dreijähriges „Tauziehen" fand genau in diesem Moment sein gutes Ende – Zufall?

Er sagte wörtlich: *Die obere Bauaufsicht hat gegen den Willen der örtlichen Behörde den letzten Knopf zugemacht!*

Für mich hast Du den „letzten Knopf" zugemacht, genau wie im Büro der Pflegekasse!

Selbst unser Makler hegte Zweifel am positiven Ausgang: *Der Kampf kann noch lange dauern!*

Warum mussten 1.451.520 Minuten vergehen bis genau zu diesem Moment tiefster Trauer?

Herr B. sprach noch von seinem schlechten Gewissen Dir gegenüber, weil du die gute Nachricht nicht auch hören kannst!

Nein, Sie brauchen sich nicht zu entschuldigen – dass trifft eher auf das örtliche Büro zu – ohne deren Verzögerung hätte meine Frau auch unsere Freude geteilt!

Von wegen „langer Kampf" – Du hast alles in wenigen Stunden „geregelt", beweise jemand das Gegenteil!

Mir ging es trotzdem, nachdem die „Vier" fort waren, sehr schlecht!

Verzweiflung packte mich, nichts konnte ich mit Dir mehr besprechen, jede Freude war ausgelöscht, auch über den jetzigen Erfolg!

Unsere „Vier" waren auf meinen Wunsch hin mit großem Anhänger gekommen, da passte fast alles rauf, nur der Tisch, ein Stuhl und eine Matratze waren nach dem Abschied noch da.
Und meine persönlichen Sachen. Früh wollte ich die Wohnung verlassen, der Rest war „Sperrmüll"! Auch Dein Blumentopf gehörte noch dazu!

Durch dich bin ich erst zum „Mann" geworden – Du durch mich zur „Frau", von Jugend an zusammen, Trennungen über drei Wochen waren schlimm – und nun für immer?
Wie sollte das Leben ohne Dich nur weitergehen?
Zu unserer Nachbarin, einer Ärztin, hattest Du damals nach der Diagnose gesagt: *Um mich mache ich mir keine Sorgen, ich weiß, dass ich bald sterben muss, aber um meinen Mann!*
Sie hat es mir später erzählt.

Was mich noch wundert: Dein Urnenplatz ist Nr. 12 – unsere Wohnung in Wieck ist die 12 – Die Beisetzung der Urne ist um 12! „Töchterlein" meint dazu: *Die Lebensuhr von Mutti ist vollendet am Ziel angelangt – sie geht nicht vor, und nicht nach!*

Schon wieder willst Du umziehen, die schöne Brückensicht-Wohnung verlassen?

Ja, ich kann nicht aus denselben Fenstern schauen, wo Du immer hoffnungsvoll auf das Flüsschen, die Boote, zur alten Ziehbrücke geschaut hast.
Das wäre zu schmerzhaft, darum habe ich einen Bungalow im Küstenwald gemietet, ich muss selber durch „das Tal" wandern, nur mit mir!
Auch nicht mit Christus????

„Die Bibel"

Im November ging es Dir gut, gleich nach unserem Umzug brachten wir die Bibel Deiner Eltern zum Buchbinder Neumann, damit er sie genau so schön wie die meiner Oma – bereits 1855 gedruckt – restaurieren sollte.

Sie sollte zu Weihnachten fertig sein, leider nicht.

Erst einen Tag nach Deinem Tod bekam ich telefonisch Bescheid, sie abzuholen.

Doch zu diesem Zeitpunkt war mir die „Heilige Schrift" egal und der „verklärte Christus" erst recht!

Mein Leben war angefüllt mit Leid und Tränen. Alles Lesen war ja doch umsonst gewesen!

Doch dann siegte die Vernunft, denn das Buch war Dein Buch – Deine Augen würde ich dort wiederfinden!

Und so stand ich bald in der Werkstatt, im Kopf finstere Gedanken, die ich dem Meister wegen der Wartezeit sagen wollte!

Nach dem Klingelton musste ich noch warten, Deine Stimme war plötzlich in mir:

So, mein Lieber, jetzt wirst Du alle bösen Gedanken schnell vergessen, bist höflich und nett, ich kenne die Bibel, mir kam es also nicht auf die pünktliche Auslieferung an, meine Seele bat doch Weihnachten schon um Einlass bei Gott, belaste den Meister nicht, er wusste nicht um meine Erkrankung!

Der Meister tritt ein, verschwitzt mit blauer Schürze, und sagt: *Die Bibel war bei dem Anruf meiner Frau noch gar nicht fertig – sie war etwas voreilig – wir mussten noch einen Großauftrag* erledigen, aber Ihre Bibel wurde danach gleich wegen Dringlichkeit restauriert!

Und damit nahm er von einem großen Stapel unerledigter Aufträge unser Buch herunter!

Das wird kosten, dachte ich, er kam mit der Rechnung: 31 Euro. Er freute sich über ein gutes Trinkgeld, und ich, dass Deine Ermahnung zur rechten Zeit kam!

Am 24.03.09 stürmt und schneit es gewaltig; während ich im Warmen schreibe, verdeckt die dicke Schneeschicht alles Frühlingshafte.

Inzwischen sind nach Deinem Tod acht Wochen vergangen und es schmerzt nach wie vor!

Du hast gerne telefoniert, aber mein Handy mochtest Du nicht; zu „technisch", lieber das Telefon für stundenlanges „Quatschen"!

Während Du geschlafen hast, habe ich Dich mit dem Handy fotografiert, um Dich bei mir zu haben. Auch die Christusstatue im Dom hatte ich im Bild mit drin.

Nachdem der Wohnungswechsel von Wieck in die Waldsiedlung vollzogen war, wollte ich in dem nahen Badeort große Fotoabzüge vom Handy anfertigen lassen.

Der Fotograf meinte, so einfach geht das nicht – er benötige dafür die CD.

Und das Übertragungskabel dafür hätte er nicht, weil Aufträge wie meiner nur noch selten gewünscht würden! Ich könnte aber nach nebenan zum PC-Laden gehen, dort eines besorgen.

Auch der PC-Fachmann hatte keines, würde aber bestellen. Gut, also in drei Tagen.

Ich hatte mich sehr erschrocken, Dich beim Fotografen auf dem Bildschirm als todkranke Frau in Vergrößerung zu sehen, und verließ den Laden voll bitterer Gedanken!

Auf dem dunklen Waldheimweg löschte ich dann in einem Anfall verzweifelter Wut alle Bilder von Dir, nur die Christusstatue vom Dom nicht! Die wollte ich als Erinnerung an viele gemeinsame Stunden „drin behalten"!

Wenige Stunden später überkam mich blankes Entsetzen – was habe ich getan – die allerletzte bildliche Erinnerung an Dich gelöscht, wenn der Anblick auch sehr schmerzte!

Dann schaute ich noch einmal in die Galerie – nun war auch noch Jesus verschwunden – wie ging denn das?

Nach einer kurzen unruhigen Nacht habe ich Dir das Ganze „angedichtet"! Du wolltest, dass ich nur Bilder von uns aus gesunden Zeiten sehe, und nicht diese!

Trotzdem suchte ich am nächsten Morgen noch einmal den Fotografen auf, schilderte, was ich getan hatte und wie sehr ich das bereute! Der junge Mann schaute noch einmal in seinen Computer, sagte staunend:

Oh, Entschuldigung, da sind ja noch alle Bilder von Gestern im Rechner drin, eigentlich hätte ich die gleich, nachdem Sie den Laden verlassen haben, aus Datenschutz-Gründen löschen müssen! Warum ich das nicht gemacht habe, kann ich mir nicht erklären!

Mir wurde warm vor Freude – als ich alles „Gelöschte" wiedersah!

Hätte ihn am liebsten umarmt! Dafür gab es einen „dicken" Einwurf in die „Kaffeekasse"!

Bitte brennen Sie mir, wenn das Kabel kommt, von diesen Bildern zwei CDs und dann alle Handbilder zweimal!

Er konnte die gespeicherten Bilder auch wieder auf mein Handy übertragen!

Heute war der Waldweg – und mein Inneres – hell, die Frühlingssonne brachte den letzten Schnee zum Schmelzen. Ich habe mich bei Dir und Christus bedankt!

Ja, ich weiß, immer kannst Du meine „Dummheiten" nicht verhindern, die Erfahrung habe ich in all den Jahren „nach Dir" oft genug machen müssen.

Aber vieles zum Guten wenden, ist Dir immer wieder gelungen. Und damals war meine Bitte an Dich:

Bleibe noch eine Zeit bei mir, bis Du ganz bei dem bist, der Dich mehr liebt als je ein Mensch es vermag!

Dein Porträt-Bild trage ich jetzt immer bei mir, stelle es bei Gottesdiensten in den Kirchen neben mir auf die Bank, und wenn ich per Fahrrad über die Wege von Usedom radele, liegt es vorne im Korb, denn Du sollst auch die schöne Landschaft sehen.

„Die Amaryllis"

Sicher kannst Du Dich an den Blumentopf erinnern – denn Du liebtest die Sorte in roter Farbe! Das Aufblühen der Pflanze konntest Du nicht mehr sehen, Deine letzte Zeit in der Klinik ist zur grausamen Realität geworden!

Nachdem ich unsere Wiecker Wohnung geräumt hatte, stand neben dem wenigen Rest auch die Pflanze verlassen zurück, denn sie war nur noch schmerzhafte Erinnerung, ich wollte sie nicht mehr sehen!

Doch irgendwie hörte ich Deinen Vorwurf: Hole die Pflanze sofort aus der Wohnung zu Dir, sie ist unschuldig und verwelkt!

Du hast ja immer mit jeder Zimmerblume gesprochen … haben eine Seele …

Also fuhr ich nochmal zurück nach Wieck, nur der Blume wegen, stellte sie dann auf Deinen Altartisch – und war erleichtert! Die eine Blüte leuchtete so schön im Rosarot!

Als der zweite Kolben nach kurzer Zeit aufbrach, leuchtete dieser in weiß! Nach einer Woche hatte die rote Blüte auch noch die Farbe „weiß" übernommen – ?

Ich hörte Deinen Spruch, wenn ich sie betrachtete: Sei wie das Veilchen im Moose, bescheiden, sittsam und rein; und nicht wie die stolze Rose, die immer bewundert will sein!

Ein alter Spruch Deiner Eltern, den ich aus heutiger Sicht nicht kommentieren möchte.

Ja, ich lebe auch in der Blume bei Dir! Denke an mich als nie an Christus Zweifelnde! Kannst Du Dich noch an meinen Traum im Krankenzimmer erinnern: *Christus kommt, wann er will?*

In einer langen grünen Baumallee warteten viele Leute auf Christus, irgendwer hatte gesagt, dass er bald kommt! Ich war unter ihnen und wurde sehr traurig, denn er war nicht gekommen! Enttäuscht gingen alle davon. Doch ich blieb noch eine Weile, und als ich mich umdrehte, war ganz in meiner Nähe ein schönes, freundlich schauendes Gesicht, welches sich langsam entfernte, bis nichts mehr zu sehen war!

Aber die Augen haben mich fest angeschaut und mein Herz war so voller Freude, dass meine Bettnachbarin am Morgen sagte: *Sie müssen aber was Schönes geträumt haben – Sie haben ja gesungen und gelacht im Schlaf! Und ich habe es verstanden – trallalallala, Christus ist da – es war so niedlich, ich habe Sie nicht geweckt!*

Meine Träume von der Zeit habe ich Dir nie erzählt, sie hätten Dich traurig gemacht!

Ein Beispiel: Im Dezember stand ich mit einem Strick in den Händen am Hafen, das Wasser tief vor mir dunkel, ein Segelschiff schaukelte im Wind.

Im Mast saß eine weiße Taube, blickte zu uns, denn Du hast hinter mir gewartet.

Dann habe ich das Seil mühselig herausgezogen, es ging unheimlich schwer und dauerte sehr lange.

Ich dachte, solange kann doch das gar nicht unter Wasser überleben, ahnte aber nichts vom „Fang"!

Eine weiße Taube tauchte auf, mit dem Strick um ihrem Hals!

Pitschnass sitzt sie vor mir, ganz still, schaut mich an!

Ich rufe zu Dir: Sie lebt, zum Glück ist es warm, ihr Gefieder wird bald trocknen und sie kann dann fliegen, und löste das Seil von ihrem Hals.

Im gleichen Moment stieg sie auf, das Wasser spritzte wie Perlen aus den Federn; sie flog zu der wartenden Taube auf dem Schiffsmast! Beide dann vereint über das Meer!

„Geldanlage"

Auch das habe ich Dir damals nicht erzählt, um Dich nicht zu belasten.

Meine Mutter war gestorben, das hast Du noch erlebt, auch die noch folgende gute Zeit mit Stiefvater Hermann!

Doch nach Deinem Tod war das Bündnis völlig zerbrochen, mit mir „Suppenkasper" wolle er nichts mehr zu tun haben!

Das war, wo ich Dir wirklich jeden Tag ein Süppchen kochte, weil Du nichts anderes mehr mochtest!

Trotzdem habe ich neben Dir Todkranken mit ihnen „telefoniert", obwohl er und seine „Lebensgefährtin" gar nicht an der „Strippe" waren, und „danach" Dir von ihnen Grüße bestellt, um Dich nicht aufzuregen!

Mich trennten inzwischen von denen nicht nur 1000 km Autobahn!

Nach seinem Tod erhielten Thomas in Hamburg und ich das Testament, das uns als alleinige Erben auswies!

Thomas fuhr zur Sparkasse, um dort das Geld auf unsere Konten zu überweisen, über 100 000 Euro!

Sein Konto war leer, genau am Todestag des „Stiefvaters" „abgeräumt"! Von der „Neuen", ausgestattet mit seiner Vollmacht, wie der Kassenbearbeiter erklärte!

Zwei Anwälte, die erst mal viel kosteten, versuchten, uns unseren Erbanspruch zu retten!

Es endete nach zähem Ringen mit einem „Vergleich" vor Gericht, und wir erhielten die Hälfte der Summe zugesprochen, den Anteil unserer Mutter!

Als die schmutzige Sache begann, warst Du schon lange davor bei Christus, trotzdem habe ich immer auf Deine Hilfe gebaut!

Meinen Anteil brachte ich als „Anlage" in ein Immobilien-Unternehmen ein, „todsicher", wie mich mein Versicherungsbüro überzeugte – 8 % Zinsen – ja toll! Außerdem wusste ich von anderen, die auch dort angelegt hatten!

Erst nach einem Vierteljahr fragte ich Dich am Grab, ob Du das auch gemacht hättest!

In mir klang immer nur ein Satz von Dir: *Wie gewonnen – so zerronnen!*

Verdammt – warum?

Na klar. Das „Unternehmen" zahlt den hohen Zinssatz vom Geld der Anleger, und selbst nach fünf Jahren, sollte es „pleite" machen, ist Dein Geld über die Hälfte „futsch"!

Diese „Eingebung" von Dir brachte mich nicht nur wegen der Sommerhitze zum Schwitzen!
Umgehend war ich in der Agentur und kündigte zu deren großen Unverständnis den Anlagevertrag.

Nach eigentlich verdächtiger kurzer Kündigungsfrist von sechs Wochen war das Geld plus Zinsen wieder auf dem Giro, und ich bereute schon fast mein Handeln, also doch sicher!

Nach einem halben Jahr sagte ein befreundeter Anleger zu mir: *Hätte ich damals bloß auf Dich gehört – der Betrieb ist am Ende – insolvent! Mein Geld kann ich abschreiben, Aussicht auf Ersatz sehr fragwürdig – hat man mir mitgeteilt!*

Dass ich dann zu Dir fuhr und mich bedankte, war ein starkes Bedürfnis!

„Träume sind Schäume?"

Ich habe andere Erfahrungen, doch soll jeder denken, wie er will!
Kurz vor Deinem Tod erhielt ich im Traum eine Beileidskarte von Onkel Otto.
Er war schon viele Jahre tot, seine einzige Tochter hatte sich vor seinem Ende auf grausamste Art umgebracht.
Onkel Otto liebte uns drei trotz allen Verwandtenzwistes sehr, und wehe, Du bist an der Schusterwerkstatt vorbei ohne Einkehr, jung und hübsch, wie Du damals warst!

Ich fragte ihm im Traum: Warum hast Du die Karte erst jetzt nach Ostern geschrieben?

Liebe ist doch nach Weihnachten gestorben!
Er antwortete: *Ich durfte nicht eher – Du kennst doch unsere Zerstrittenheit!*

Mich überkam tiefe Traurigkeit und die Ahnung von Deinem baldigen Tod, denn Du warst noch am Leben mit Hoffnung auf Besserung!

„Noch ein Traum"

In der Nacht vom Sonntag, Deinem Sterbetag, zum Montag, betrat ich eine große, lichtdurchflutete Halle.
Viele weiße Tauben flatterten umher; ich höre ihre weichen Flügelschläge, sonst herrschte Stille.
Dann lege ich mich auf etwas Weiches und ein paar Tauben setzen sich auf meine Brust.
Aber immer, wenn ich sie berühren wollte, flogen sie fort.
Eine einzige kommt dicht an mein Gesicht – ich darf sie anfassen, streicheln und liebkosen!

Unendlich schönes Glücksgefühl durchströmt mich!
Plötzlich deutlich Deine Stimme: *Nun ist aber genug!*
Wie früher, wenn Dir meine „Streicheleinheiten" reichten!
Beim Erwachen Absturz in die grausame Realität – Du bist gestorben – einfach so!

Auch den Traum unseres Sohnes will ich Dir nicht vorenthalten, er hat ihn aufgeschrieben:

Beim Sortieren unseres alten Werkzeuges finde ich die verrostete Schere, mit der Mutti mir immer, manchmal mit meinem „Gebrülle", die Zeh- und Fingernägel beschnitten hatte.
Dann standen sie und Vati neben mir, ich zeigte ihnen glücklich das Fundstück und eine alte Brosche, mit einem blauen Stein.

Mutti nahm sie, in ihrer Hand fing sie an zu strahlen, der blaue Stein funkelte wie ein Diamant!

Die Brosche wurde immer größer, eine kleine Sonne und auch immer mehr blaue Steine, wie Sterne leuchtend!

Dann waren beide fort, sie hatten das Schmuckstück als Andenken an mich mitgenommen!

Auch Dein „liebes Mädchen" träumte „in der Zeit nach Dir":

Mutti war bei uns auf Besuch, wollte mal „nach dem Rechten schauen"!

Sie kam hübsch angezogen, mit kessem Rundschnitt, gesund und jung!

(Diese „Mireille-Mathieu-Frisur" habe ich in unserer Jugend auch sehr an Dir geliebt, Du hattest ja auch die passenden braunen Haare und braune Augen, wie die hübsche, französische Sängerin!)

Ich habe Mutti – im Traum – meinen Traum vorletzter Nacht erzählt:

Wir unterhielten uns im Wohnzimmer – dies und das – dann hast Du Dir die Lippen geschminkt, uns zugelächelt, gesagt: *Macht es gut, alles ist gut!*

Du bist durch die Tür gegangen, ohne sie zu öffnen. Ich rief Dir noch nach: Komm bald wieder, ich wusste, Du hörst mich noch!

Traum und Wirklichkeit – die Zeichnung an der Haustür!

Liebe, wie soll ich bloß dieses „Schlüsselgeschehen" glaubhaft schildern?

Es ist der eigentliche Grund, warum ich die Chronik auf Rat des Pfarrers 12 Jahre in „Der Schublade" bewahrte!

Warum fällt es Dir so schwer?

Weil es nur für mich bestimmt war und nicht für andere!

Als erstes wirst Du wohl zugeben müssen, dass ich nicht „Liebe" heiße
Habe ich schon getan, aber nur, um den Buchstaben „L"!
Der ist so wichtig!
Dein Name fängt mit „L" an, darum musste ich etwas „schwindeln"!

Und dabei bleibt es, denn mit Deinem Namen auf jeder Seite wäre ich zu befangen gewesen!
Und ich weiß nicht, wie Dir das hier gefällt!

Du weißt aber, dass ich nur mit Dir rede, und auch jetzt, nach 12 Jahren, plagen mich Zweifel, ob es richtig ist, das Folgende zu schildern.

Nachdem die Trauerfeier in der Wiecker Kirche beendet war und unsere „Vier" mich zu später Stunde verlassen hatten, machte ich noch eine lange Wanderung am Flüsschen Ryck, im mattem Laternenschein konnte ich die Tränen ungestört rinnen lassen!

Am Gestrüpp hing ein großes schwarzes Seidentuch, mit eingestickter roter Rose.
Das passte gut auf Deinen Altartisch, ich nahm es mit!

Danach packte ich in der Wohnung bis tief in die Nacht den Rest der Sachen in Taschen. Sie war ja schon fast leer, nur eine Schlafmatratze, Tisch und Stuhl, als letztes Mobiliar.
Nebenbei sah ich noch zwei Filzstifte, rot und schwarz, auf dem Tisch liegen!
Ganz früh wollte ich zum Bungalow im Kiefernwald, nur schnell raus aus der schmerzenden Umgebung!

Die weiße Haustür öffnet einwärts, im hellen Flurlicht hing ich das gefundene Tuch über die Tür, sie war nun bis zum Messinggriff verhüllt!

Wollte so noch mal sichtlich, nur für mich, meine Verzweiflung ausdrücken!

Beim Schließen klemmte es fest, hing draußen und wehte leicht im Wind.

Der Hinterhof lag im Dunklen, von hieraus waren die separaten Eingänge zu den Wohnungen, fast nur Gästequartiere, die jetzt im Winter unbewohnt waren!

In bedrückender Stille legte ich mich gegen Mitternacht hin, in Klamotten, schlief bis fünf und grübelte danach über meinen Traum!

Ich sah mich in unserer ersten Wohnung, über 40 Jahre her!

Das Haus stand am Anfang einer Kastanienallee, wo in einiger Entfernung die Kleinbahn auf ihren Gleisen dampfend die Sandallee überquerte, mit einer Station an dieser Stelle, hier hatten wir auch unseren Garten.

Hier bin ich mit vielen anderen Kindern „zu Hause" gewesen – kein Baum, den wir manchmal unter Lebensgefahr nicht „bezwungen" haben!

Du hast am Küchenherd gewirkt, noch von einer riesigen Abzugsglocke überzogen!

Jung und hübsch im bunten Sommerkleid, so wie kurz nach unserer Hochzeit!

Sagtest lachend: *Es ist zehn nach zwei, wir können noch zum Garten gehen.*

Mein Gedanke dabei: Haben wir denn schon Mittag gegessen – ich kann mich nicht erinnern, was es gab!

Dann ging ich voraus, die Allee tief gefurcht von den Rädern der Pferdewagen, noch ohne Beton.

Ich begegnete vier Männern, einen erkannte ich, Hansi, rief ihm zu: Es ist zehn nach zwei!

Er rief zurück: *Es ist zehn nach elf – hier, die Uhr!* Ich lief zurück, um Dir das zu sagen!

Du bist mir entgegengekommen, hübsch wie in der Küche.

Ich sagte freudig: Es ist erst zehn nach elf, und Deine Antwort, belustigt: *Ja, heute ist eben der ganze Tag durcheinander!*

Dann waren wir plötzlich an der kleinen Haltestelle, dahinter, auf dem breiten Grasland, saßen die vier Männer im Kreis.

Du hast Dich in ihre Mitte gesetzt, Dein Kleid hinten bis zur Hüfte geöffnet und mich lächelnd angeschaut!

Dein Rücken sah so schön braun aus, keine OP-Narbe mehr zu sehen!

Dann streichelten die vier Deine Blöße, du hast es genossen, sagtest: *Siehst Du, es ist doch alles nicht so schlimm!*

Nun überkam mich, so wie früher, wilde Eifersucht, und ich zog Dich aus dem Kreis heraus!

Nach der Grübelei erhob ich mich, öffnete die Haustür in das helle Flurlicht, um schnell die Taschen zum Auto zu tragen.

Das Tuch fiel runter, gab den Blick auf eine Strichmalerei frei, die sich von links oben bis rechts unten erstreckte und am Türdrücker endete!

Ich starrte wie gebannt auf die schöne Zeichnung, mit rotem und schwarzem Filzstift gemalt; fand keine Erklärung dafür, die über Nacht dort gemacht wurde, denn um 12, als ich das Tuch anbrachte, war nichts zu sehen! Wie schon geschrieben: Die Tür öffnete in das helle Flurlicht hinein!

Mit dem kleinen Finger tupfte ich vorsichtig auf das Rot, ein winziger Klecks blieb haften, die Farbe war noch frisch.

Ich habe dem Entstehen der Malerei in meiner Chronik drei Seiten gewidmet, mit emotionalen Vermutungen und Gedanken.

Die werde ich nicht wiederholen, sondern dem Leser seiner eigenen Fantasie freien Lauf lassen!

Nur so viel: Überall entdeckte ich „L", der erste Buchstabe Deines richtigen Namens!

Und aus dem querliegenden „L" den Buchstaben „B", mit dem unser Familienname beginnt!

Nach der „Erstarrung" machte ich mit bescheidener Technik viele Fotoaufnahmen – das Ergebnis war nicht gut, darum fertigte ich Zeichnungen an, Strich für Strich nach Vorlage!

Auf der Glasscheibe ist im Foto kaum etwas zu erkennen, darum habe ich alles, jeden Strich, genau auf Papier nachgezeichnet!

Diese diente später dem Steinmetz als Vorlage für die Gravierung auf unserem Grabstein am „Leuchtturm-Friedhof," wohin ich Dich „umbetten" ließ, gemeinsame Ruhestätte unserer beider Urnen!

Ja, ich habe dieses Symbol von Dir eingravieren lassen, Strich für Strich, um es immer vor Augen zu haben, wenn ich Dich besuche!

Das „Symbol" ist von Dir gemacht, unerklärbar, mit den beiden Filzstiften vom Tisch, meine feste Überzeugung!

Ich bin an diesem Tag doch nicht abgefahren, in der Umgebung geblieben, immer wieder zurückgewandert, um die Zeichnung zu betrachten.

So oft fotografiert und nachgezeichnet, hatte ich trotzdem Angst, sie zu verlieren!

Am liebsten hätte ich die ganze Tür mitgenommen!

Erst am Abend habe ich das Symbol entfernt, mit schwerem Herzen, denn die Wohnung sollte schon in den kommenden Tagen neu belegt werden.

Jetzt war die Farbe so fest angetrocknet, dass ich sie nur mit Benzin auf weißem Tuch abbekam. Das wollte ich später in ein Labor zur Analyse bringen, um beim Ursprung der Farbe sicher zu sein.

Als ich paar Stunden später mein Tuch noch einmal ausbreitete, war es wieder weiß!

Auch kein Geruch vom Feuerzeugbenzin mehr vorhanden – hatte das Benzin die Farben mit verdunstet? Die Laboruntersuchung fand nicht statt – womit auch?

Ich bat Christus um Vergebung für meine innere Abkehr; der Traum und das „Sichtbare" waren Grund genug, wieder an seine Kraft zu glauben und Kirchen zu besuchen!

Und Du bist bei mir geblieben, auf allen Wegen – hast mich geschützt in vielen, schweren Situationen – bis zum heutigen Tag!

Bald folgte der Besuch „unserer Vier" in meiner Waldwohnung und ich zeigte ihnen nach etwas Zögern Bilder und Zeichnung.

Beide Enkel meinten skeptisch, das hat eine natürliche, von Menschen gemachte Ursache!

Dein „liebes Mädchen" vermutete mich selber als schlafwandelnder „Maler", unser Sohn enthielt sich der Stimme. Er hatte ja selber Erfahrungen mit Dir nach Deinem Sterben gemacht! Doch nach weiterem Betrachten sagte „Dein Mädchen": *Sind wir denn blind? Mutti hat Dir alle Striche in Form eines Schlüssels gezeichnet, Du sollst dich jetzt nicht verschließen, heißt das, vor Christus und den Menschen! Ich glaube jetzt fest daran, dass sie es war, denn nur Mutti konnte so schön, klar und einfach Dir Deinen weiteren Lebensweg in diesem Symbol vorweisen!*

Christus sagt: *Habt Ihr Glauben wie ein Senfkorn, oder Thomas, nach der Berührung dessen Wunden: Ja, Herr, ich glaube!*

Wir glauben, wenn wir es sehen – und dann doch nicht!

Ich selber habe keine Zweifel oder Glaubensnot mehr an dem, was hier geschrieben steht.

Es war so und nicht anders!

Zweiundzwanzig kleine Farbstriche haben mich überzeugt, dass es auch nach dem Tod irgendwie weitergeht in einer „Welt, in der auch meine *Liebe* lebt" – und damit: „Ende des Dialoges"!

Epilog

Liebe, Du hast mir später mit vielen kleinen Erlebnissen, Träumen und Hilfen bewiesen, dass Du „da" bist, was ich hier im Einzelnen nicht schreiben möchte, denn es betrifft nur uns!

Du wartest in einem anderen Dasein auf mich, und wenn die Zeit gekommen ist, ist mein letzter Gedanke bei Dir, so wie Deiner bei Christus war! Darum bin ich bei Dir, wenn mein Herz stillsteht! Darauf warte ich, und wenn ich Dich danach umarme, wirst Du zu mir sagen, wie im Traum: *Es ist doch alles nicht so schlimm!*

Mach es gut, meine Kleine, ich liebe Dich und freue mich auf die Zeit danach mit Dir!

„Anfang und Ende"

Mal bist Du nah, dann wieder fern!
Um es kurz und knapp zu sagen:
Ich hatte Dich „zum Fressen" gern,
sollte man mich danach fragen.

Hatte männliches Begehren
Dich zu küssen, zärtlich sein.
Und Gefühle nicht verbergen,
die mir sagten, Du bist „mein"!

Du hast dich für mich entschieden,
gabst unserer Liebe Zeit und Raum,
in meinem Herz bist Du geblieben
und spür Dich oft im schönen Traum!

Glaubt bitte nicht, sie sei gestorben,
Liebe lebt, schaut zu und lacht.
Christus hat um sie geworben,
sanft in Gottes Haus gebracht!

Hat sie zärtlich aufgenommen –
wie ein lieber Bräutigam;
in der Wohnung angekommen
der Vater sie in Obhut nahm!

In eigener Sache: Ich wurde im November '43 im SS-Heim Lebensborn in Bad Polzin, heute jenseits der polnischen Grenze, als „Kind für den Führer" von einer blauäugigen, blonden Frau geboren.

Nach der „Stillzeit" konnten die „Mütter" verschwinden, die „Erziehung" übernahmen dann andere „Volksdeutsche"! Doch dafür war es zu spät, die „Rote Armee" näherte sich und das Haus wurde fluchtartig evakuiert! Die Kinder verteilt! Meine „Mutter" war aus Angst wegen ihrer „Führertreue" weit nach Westen geflüchtet, fand am Main ihr Zuhause.

Ich bin hier auf der Insel „gestrandet" und durfte bei meinen Großeltern leben!

Mein Name musste den „Nibelungen" entnommen werden, als Zunahme war „Heinrich" Pflicht für jede „gute deutsche Mutter," die im SS-Heim ihren Sohn zur Welt brachte.

Ich bekam die Milch verschiedener Ammen, um „Muttergefühle" zu unterbinden.

Mit 14 Jahren hat meine „Mutter" mir alles „gebeichtet", doch da war es zu spät, um noch „mütterliche Gefühle" zu erzeugen!

Vier Jahre später gab *„Liebe"* mir alles, wonach ich mich gesehnt hatte – einfach nur Liebe!

Liebe liebte meine Gedichte, aber der Stil passt aber mehr in das achtzehnte Jahrhundert, war ihre Meinung!

Für „Liebe"

Habe Dich im Traum gesehen,
einmal auch im hübschen Kleide;
nicht als krank – gesund und schön –
inmitten einer bunten Heide!

Und dann sind wir ausgeritten
am Strand – entlang der grünen Au,
nah und zärtlich, nicht gelitten,
sondern als gesunde Frau!

Konnte ja nun vieles machen,
jeder Tag mit „Neubeginn",
manche Dinge anzufassen –
aber oft mit wenig Sinn!

Fragte mich in all den Jahren:
„Was war richtig – oder schlecht?"
Werde es einmal erfahren,
denn bei Gott ruht Schuld und Recht!

Der Autor

Wolfhart Bohl wurde 1943 in Bad Polzin (Westpommern) geboren. Er beendete die Schulausbildung mit einem Teilabschluss der 10. Klasse. Der gelernte Elektrikermeister war drei Jahre als Kühlmonteur tätig; nach der „Wende" arbeitete er als Bau-Putzer. Bohl ist verwitwet und hat einen Sohn. Zu seinen Lieblingsaktivitäten gehören Wandern, Reiten, Gärtnern und Schreiben. Sein bisheriger schriftstellerischer Werdegang bestand aus „Hobby-Dichtungen" für Freunde und Familie.

novum VERLAG FÜR NEUAUTOREN

Der Verlag

> *Wer aufhört besser zu werden, hat aufgehört gut zu sein!*

Basierend auf diesem Motto ist es dem novum Verlag ein Anliegen neue Manuskripte aufzuspüren, zu veröffentlichen und deren Autoren langfristig zu fördern. Mittlerweile gilt der 1997 gegründete und mehrfach prämierte Verlag als Spezialist für Neuautoren in Deutschland, Österreich und der Schweiz.

Für jedes neue Manuskript wird innerhalb weniger Wochen eine kostenfreie, unverbindliche Lektorats-Prüfung erstellt.

Weitere Informationen zum Verlag und seinen Büchern finden Sie im Internet unter:

www.novumverlag.com